MICHAEL GERWIEN

Raintaler ermittelt

RÄTSELHAFTES BAYERN Ob auf dem Land oder in der Landeshauptstadt, ob im Bayerischen Wald oder in den Alpen. Im weiß-blauen Urlaubsland wird gemordet, gestohlen und betrogen. Gott sei Dank ist der gewiefte Exkommissar Max Raintaler aus München zur Stelle und hält dagegen. Mit Köpfchen, Erfahrung und Intuition überführt er die großen Verbrecher genauso gekonnt wie die kleinen Gauner. Auch wenn sich das als reichlich knifflig erweist. Blicken Sie ihm bei seiner spannenden Arbeit über die Schulter. Seien Sie mittendrin und werden Sie Augenzeuge von 30 verzwickten Kriminalfällen vom Alpenkamm bis zum Arber. Finden Sie gemeinsam mit Max Raintaler heraus, wer der Täter ist.

Michael Gerwien, geboren 1957 in Biberach an der Riß, aufgewachsen in Mittenwald, lebt seit 1972 in München-Untergiesing, dem Nachbarviertel von Thalkirchen, wo Max Raintaler wohnt. Er arbeitet als Autor und Musiker. Seine liebsten Hobbys sind Schwimmen, Radfahren, Bergwandern, Kochen, Essen, und bayerische Biergärten.

Bisherige Veröffentlichungen im Gmeiner-Verlag:
Mordswiesn (2013)
Isarhaie (2013)
Isarblues (2012)
Isarbrodeln (2012)
Alpengrollen (2011)

MICHAEL GERWIEN

Raintaler ermittelt

30 Rätsel-Krimis

Original

GMEINER

Personen und Handlung sind frei erfunden.
Ähnlichkeiten mit lebenden oder toten Personen
sind rein zufällig und nicht beabsichtigt.

Besuchen Sie uns im Internet:
www.gmeiner-verlag.de

Im Ehnried 5, 88605 Meßkirch
Telefon 07575/2095-0
info@gmeiner-verlag.de

1. Auflage 2013

Lektorat: Sven Lang
Herstellung: Julia Franze
Umschlaggestaltung: U.O.R.G. Lutz Eberle, Stuttgart
unter Verwendung eines Fotos von: © robert6666 – Fotolia.com
Druck: GGP Media GmbH, Pößneck
Printed in Germany
ISBN 978-3-8392-1451-0

ISARCOWBOYS

»Was ist denn passiert?«, fragte der blonde Münchner Exkommissar und jetzige Privatdetektiv Max Raintaler. Die Bewohner der Westernstadt im Süden von München standen aufgeregt schwatzend und gestikulierend im Kreis vor dem Eingang zu ihrem Cowboyklub. Er blickte sie neugierig an.

»Da!« Eine Frau in einem hellbraunen, mit Perlen verzierten Hirschlederkleid, der traditionellen Tracht der Prärie-Indianer, deutete auf den Boden seitlich von ihr.

»Wo?« Max konnte nichts entdecken. Er stieg von seinem Fahrrad, mit dem er gerade auf seiner morgendlichen Trainingsrunde unterwegs war, und stellte es an der kleinen Birke hinter sich ab.

»Na hier.« Ein übergewichtiger, aggressiv dreinschauender Mann mit langem schwarzem Vollbart und einem immens großen Cowboyhut auf dem Kopf trat beiseite. Er gab dabei den Blick auf einen am Boden liegenden jungen Burschen in Jeans und T-Shirt frei. Aus einer Wunde in seiner rechten Schläfe, circa daumenlang, rann dunkles Blut auf den Kiesboden.

»Ein Radlunfall?« Max' stahlblaue Augen blickten fragend in die Runde.

»Schaut ganz so aus«, meinte der Bärtige, der sich ihm als Josef Bruckstätter vorstellte, und reichte ihm die Hand. »Der Bursche war schon ein paar Mal hier bei uns. Keiner hat ihn so recht gemocht, weil er alle Frauen angemacht hat. Sogar meine Maria.« Er zeigte auf die große gut aussehende Frau im Kostüm eines Saloon-Girls neben sich. »Sein Rad liegt da drüben im Gebüsch. Verflixt, und das genau an unserem Tag der offenen Tür. Heute sollte ein großes Fest stattfinden. Da traut sich doch jetzt niemand in unsere kleine Westernstadt hinein.« Er schüttelte ärgerlich den Kopf.

»Hat jemand schon einen Rettungswagen und die Polizei gerufen?«, wollte Max wissen, der sich neben den Verletzten gekniet hatte und gerade versuchte, dessen Puls zu ertasten. Nichts.

»Rudi hat dort angerufen.« Irmi, die Frau im Indianerkostüm, zeigte neben sich auf den muskulösen langhaarigen Mann in der Tracht vom Stamm der Sioux. Die Adlerfeder auf seinem Kopf schien seit einigen Jahren in Gebrauch zu sein, so zerzaust wie sie war. »Die müssten jeden Moment da sein.«

»Und Ferdl hat den Burschen gefunden.« Rudi zeigte auf einen kleinen drahtigen Sheriff am rechten äußeren Rand der Gruppe.

Er hatte seinen Arm um eine junge Frau in einem Blumenmusterkleid gelegt, war unrasiert, trug ein verschwitztes Hemd und einen abgerissenen verbeulten Hut. Seine Hosen hingen ihm in den Kniekehlen. Der Revolver an seiner linken Seite sah täuschend echt aus. Wahrscheinlich ist er sogar echt, dachte Max.

»Dann tun Sie uns allen jetzt bitte erst mal einen Gefallen und gehen Sie in Ihr kleines Westerndorf. Sie verwischen hier sonst noch sämtliche Spuren.« Max begann mit Wiederbelebungsversuchen am Opfer. Vergebens, der Körper des jungen Mannes regte sich nicht. Kein Atem, auch kein Puls.

Als der Notarzt und die Streife eintrafen, gab er ihnen einen kurzen Bericht über das, was er wusste. Dann entfernte er sich ebenfalls ein Stück weit von dem Toten, um den Tatort nicht noch mehr mit seinen Spuren zu verunreinigen.

Kurze Zeit später kamen die Männer von der Forensik und Max' Exkollege bei der Kripo, Franz Wurmdobler, mit Blaulicht angesaust.

Hatten die Uniformierten ihnen Bescheid gesagt? Also doch ein Mord? Max begrüßte Franz und ging mit ihm zusammen zur Leiche.

»Was haben Sie für mich, Doktor?«, wandte sich Franz an den Mann in der Notarztjacke.

»Schädelbruch«, erwiderte er. »Der Mann muss einen kräftigen Schlag auf seine Schläfe abbekommen haben.«

»Kein Sturz mit dem Fahrrad?«, erkundigte sich Max.

»Eher nicht. Ich kann auch keinen größeren Stein in der Nähe entdecken. Der Art der Wunde nach müsste der Schlag von vorn erfolgt sein. Mit einem Hammer oder etwas in der Art. Das Ganze dürfte vor circa einer Stunde passiert sein.«

»Irgendwelche Hinweise auf den Täter?«

»Leider nicht. Außer den kleinen Federn die überall um den Toten herumliegen. Sie könnten von einem Adler stammen.«

»Da war vorhin so ein kräftiger Bursche im Indianerkostüm«, erinnerte sich Max. »Rudi heißt er. Die Federn könnten von seinem Kopfschmuck stammen, der sah reichlich gerupft aus.«

»Na also, da haben wir doch schon unseren Täter«, stieß Franz erfreut hervor. »Das Opfer und er haben gerauft und dabei hat er Federn gelassen. Klare Sache. Bestimmt hat er auch so ein Kriegsbeil, wie es die Indianer immer bei sich haben. Nichts wie hin und verhaften, den Burschen.«

»Langsam, Franzi. Ich glaube nicht, dass er es war. Ich habe da einen ganz anderen Verdacht.« Max kratzte sich nachdenklich am Hinterkopf. »Die haben hier so einen kleinen unrasierten Dorfsheriff. Wenn du mich fragst, war es der.«

»Wie kommst du denn darauf?« Franz staunte

nicht schlecht. Selbst wenn der Fall bereits entschieden zu sein schien, Max hatte immer noch ein kleines Ass im Ärmel. Das hatte ihn schon zu gemeinsamen Kripozeiten ausgezeichnet.

Wie kam Max darauf, dass es der Sheriff war?

Lösung: 1. Rätsel-Krimi

Die Wunde des Toten war an seiner rechten Schläfe. Also musste ihn ein Linkshänder geschlagen haben, wenn der Schlag so, wie der Notarzt es gesagt hatte, von vorn ausgeführt wurde. Der Sheriff trägt seinen Revolver auf der linken Seite und ist somit sicher Linkshänder.

DICKER FISCH IM WALCHENSEE

»Schau mal da vorn, Max. Da liegt doch einer. Oder nicht?« Josef zeigte auf den reglosen Körper, der gute 20 Meter von ihnen entfernt im Wasser vor einem kleinen Gebüsch am Ufer lag. Es sah ganz so aus, als wäre er hier angetrieben worden.

Den langen blonden Haaren und dem Körperbau nach musste es sich um eine Frau handeln. Max ruderte so schnell er konnte auf sie zu.

Eigentlich war Max mit seinem alten Freund und Mannschaftskollegen vom FC Kneipenluft zum Angeln hergekommen. Seeforelle, Saibling und Renke vom Boot aus. Bereits um halb fünf waren sie mit ihrem Angelzeug und einem Kasten Bier zu Hause losgefahren, frei nach dem Motto ›der frühe Münchner fängt den Fisch‹. Dass ihnen dabei ein derart dicker Fang ins Netz gehen würde, hatten sie natürlich nicht erwartet.

Als sie neben der leblosen Gestalt ans Ufer stiegen, schoben sie zuerst mit vereinten Kräften ihr Boot ein Stück weit aus dem Wasser hinaus, damit es sich bei dem starken Föhn, der laut Wetterbericht den ganzen Tag anhalten sollte, nicht Richtung Kochelsee selbstständig machen konnte. Dann ging Max auf sie zu, zog sie aus dem Wasser und drehte sie vorsichtig auf den Rücken. Tatsächlich, es war eine Frau. Um ganz genau zu sein, eine mausetote Frau. Ihrem nahezu intakten Äußeren nach konnte sie noch nicht sehr lange hier im Wasser liegen. Aber offenbar lange genug, um nicht mehr wiederbelebt werden zu können, wie er nach zehn Minuten Herzmassage und Beatmung erschöpft und frustriert feststellen musste.

Josef hatte in der Zwischenzeit einen Krankenwagen und die Kollegen von der örtlichen Polizei angerufen und sie in Max' Auftrag gebeten, neben einem Notarzt auch die Spurensicherung aus Garmisch mitzubringen, weil es sich vielleicht um ein Verbrechen handeln könnte. Für diese Vermutung gab es zwar keinen unmittelbaren Anlass, wie zum Beispiel eine sichtbare Verletzung. Aber wer in drei Teufels Namen ging denn in aller Herrgottsfrühe mit Jeans, Sweatshirt und Turnschuhen bekleidet in 15 Grad kaltem Wasser schwimmen? Da müsste es sich schon um eine äußerst exzentrische Persönlichkeit handeln.

Noch bevor die Polizei eintraf, kam eine Gruppe Urlauber aus der Richtung des Campingplatzes, der einige hundert Meter südlich von ihnen lag, auf Max und Josef zu.

»Was ist denn passiert?«, wollte eine kleine Rothaarige mit einem Wanderrucksack wissen.

»Eine Frau, wahrscheinlich ertrunken«, erwiderte Max, der den bunt zusammengewürfelten Haufen abhalten wollte, sich der Fundstelle zu nähern. »Nichts, was sich für Sie zu sehen lohnen würde.«

»Eine Frau? Ertrunken?« Ein Mann, der seinem Akzent nach aus der Hamburger Gegend kommen musste, riss erschrocken die Augen auf. »Ist sie blond?«

»Ja, ist sie. Vermissen Sie denn jemanden?« Max sah ihn neugierig an.

»Ja, Rebekka, meine Freundin. Als ich heute Morgen in unserem Zelt aufwachte, war sie verschwunden. Ich dachte die ganze Zeit über, sie wäre beim Brötchen holen. Sie kann nicht schwimmen.« Der Mann schluckte aufgeregt. »Darf ich sie sehen? Ich meine, wenn es wirklich Rebekka ist …« Er griff sich nervös an den Hals, während er Max mit einem bangen Blick bedachte.

»Na gut, von mir aus. Aber die anderen bleiben hier.« Max führte ihn zur Fundstelle der Leiche, wo sich Josef inzwischen in den Kies gesetzt hatte und nachdenklich aufs Wasser hinaus starrte. »Wie heißen Sie eigentlich?«

»Rainer. Rainer Steinbeck.« Er schaute auf die Tote hinunter. »Das … ist sie. Das ist meine Rebekka. Ist sie wirklich tot? Bitte nicht. Sagen Sie, dass das nicht stimmt.« Der lange Blonde aus dem hohen Norden wurde kreidebleich. Er begann zu zittern. Dennoch machte er einen relativ gefassten Eindruck auf Max.

Typisch Hamburger, dachte der. Die sind ja bekanntermaßen alle so steif. Können wohl generell keine Gefühle zeigen, die Pfeffersäcke. »Ja, leider«, brummte er dann. »Wann genau sie das Zelt verlassen hat, wissen Sie nicht?«

»Nein. Oh Gott, meine Rebekka. Haben Sie einen Arzt gerufen? Vielleicht kann man ihr noch helfen.« Die gerade noch so glatt poliert wirkende Fassade des Blonden bekam deutliche Risse. Er ließ sich kraftlos auf den Boden sinken und weinte hemmungslos.

»Der Arzt müsste jeden Moment da sein. Genau wie die Polizei.« Max packte seinen Arm und half ihm wieder hoch. »Kommen Sie. Wir gehen zu den anderen. Das hier ist kein schöner Anblick.« Er begleitete ihn zu seiner Gruppe zurück.

»Was ist los, Rainer?«, erkundigte sich ein nahezu glatzköpfiger älterer Herr mit einem Fernglas um den Hals, als sie bei ihnen ankamen. »Ist es Rebekka?«

»Ja, Vater. Sie ist es. Sieht so aus, als wäre sie wirklich ertrunken und dieser Herr hier hat sie zusammen mit seinem Freund gefunden.« Rainer nickte Max mit Tränen in den Augen zu.

»Aber wie kann sie denn ertrinken? Bei diesen Temperaturen geht man doch nicht ins Wasser.« Die kleine Rothaarige schüttelte den Kopf. »Ja, um Himmels willen!«

»Wahrscheinlich ist sie reingefallen«, meinte eine junge Brünette, die mitfühlend den Arm um Rainers Schulter gelegt hatte. »Sie war nördlich von hier beim Joggen. Dabei muss sie direkt vom Ufer abgerutscht sein. Dort oben geht es ziemlich steil rein. Das ist nicht ungefährlich.«

»Mein Gott, die arme Rebekka. Sie war doch noch so jung.« Rainers Vater schaute fassungslos auf das Wasser hinaus.

»Gut, ich war nicht gerade ihre beste Freundin«, meldete sich eine pummelige Blondine an seiner Seite zu Wort, die Rainers Mutter sein musste. »Gerade weil sie letzten Herbst das Techtelmechtel mit Harald von nebenan hatte.« Sie sah Rainer mitfühlend an. »Tut mir leid, dass ich das jetzt doch sagen muss, mein Junge. Aber dass sie stirbt, hätte ich ihr niemals gewünscht. Niemals.« Sie zückte ein Papiertaschentuch und schnäuzte sich.

»Mir geht es genauso«, meinte die kleine Rothaarige. »Rebekka hat ja auch mal meinen Gotthold angebaggert. Aber deswegen wünscht man doch niemandem den Tod.«

»Ich möchte Sie nun alle bitten, zum Campingplatz zurückzugehen.« Max setzte ein entschlossenes Gesicht auf. »Und Sie, junge Frau, bleiben bitte bei mir und warten mit mir gemeinsam auf die Polizei. Ich bin mir sicher, dass Sie Rebekka umgebracht haben.« Er zeigte auf die junge Brünette, die neben Rainer stand.

Wie kam Max darauf, dass es die junge Brünette war?

Lösung: 2. Rätsel-Krimi

Zum einen war die Brünette sehr bemüht um Rainer, legte den Arm um ihn, was den Verdacht nahe legt, dass er ihr mehr bedeutet. Dann hat sie gesagt, Rebekka wäre nördlich vom momentanen Standpunkt und Fundort der Leiche beim Joggen gewesen. Wäre Rebekka aber wirklich am steilen Nordufer in den See gerutscht, hätte ihr Körper aufgrund des starken Föhns niemals die südliche Uferseite erreicht, denn der weht bekanntlich aus dem Süden.

RANDALE IN UNTERGIESING

»Servus, Leute. Wer von euch war das mit den Aufklebern an dem Laden ums Eck? Jetzt sagt es schon. Wisst ihr eigentlich, was für eine Mühe es ist, das ganze Zeug wieder herunterkratzen zu lassen? Das kostet richtig Geld.« Exkommissar Max Raintaler stand vor einer singenden, trinkenden und krakeelenden Horde von jungen und alten Männern auf dem neu gestalteten Hans-Mielich-Platz.

Den Schals nach, die ein paar von ihnen um den Hals trugen, handelte es sich ganz eindeutig um auswärtige Fußballfans. Wie kommen diese Hamburger bloß hierher nach Untergiesing?, fragte er sich. Die Allianzarena ist doch am anderen Ende der Stadt.

Seine alte Freundin Hanni Wachtmeier hatte ihn gerade auf dem Handy angerufen, weil sie sich nicht mehr zu helfen gewusst hatte. Max war natürlich sofort von seinem halb leeren Bier beim Griechen hinter dem Bahndamm aufgestanden und zu ihr herübergeeilt, um sich die Bescherung genauer anzusehen. Das gesamte Schaufenster ihrer Untergiesinger Metzgerei gleich ums Eck vom Hans-Mielich-Platz war von viereckigen Aufklebern mit der Aufschrift ›Fleisch macht dumm‹ übersät. Sie meinte von ihrer Wohnung im zweiten Stock aus ein Mitglied der lautstarken Gruppe dabei beobachtet zu haben, wie er sie vor einer halben Stunde dorthin geklebt hatte. Aber sicher war sie sich nicht. Schließlich war es halb zehn und fast dunkel.

»Keiner war's. Das hat die blöde Schlampe schon selbst gemacht«, plärrte ein stark angetrunkener, kurzgeschorener Mann, während er auf Max zuwankte.

»Hey, einen anständigen Ton, bitte. Sonst geht es hier gleich ganz anders weiter. Das verspreche ich euch.« Max baute sich zu voller Größe auf.

»Wer sagt das?«, erkundigte sich ein Riese mit volltätowierten Armen.

»Ich.« Max machte sich noch ein Stück größer.

»Und wer bist du? Der Terminator?« Der Tätowierte blickte verduzt über so viel Chuzpe eines Einzelnen gegenüber einer Truppe von Schwergewichten drein.

»Wer bist du denn?«

»Ich bin Paul Berger aus Hamburg.« Er trat einen Schritt näher.

»Angenehm, Paul. Max Raintaler aus Thalkirchen.« Max reichte ihm die Hand.

»Hey Leute, unser Mäxchen hier meint, dass einer von uns irgendwelche Aufkleber irgendwohin geklebt hat.« Paul drehte sich zu den anderen um.

»Blödsinn!«, kam es zurück.

»Totaler Quatsch!«

»Was für Aufkleber denn? Wir haben doch gar keine.«

»Jemand hat massenhaft Aufkleber mit ›Fleisch macht dumm‹ auf das Schaufenster der Metzgerei ums Eck geklebt.« Max machte ein ernstes Gesicht.

»Echt?« Ein langbeiniger blonder Jüngling mit dem Ho-Chi-Minh-Bärtchen rechts von Paul schaute Max ungläubig an. »Wieso sollten wir das tun? Ich zum Beispiel liebe Fleisch.«

»Ich auch«, meldete sich ein langhaariger Mann in den mittleren Jahren zu Wort, der einen beträchtlichen Bauch vor sich herschob. »Das sieht man doch.«

»Trotzdem. Die Besitzerin des Ladens meint, einen von euch dabei beobachtet zu haben.« Max sah forschend in die Runde.

Das Grölen und Singen hatte aufgehört. Alle Anwesenden lauschten, was hier wohl gerade passierte.

»Vielleicht war sie es ja wirklich selbst und sucht nur einen Schuldigen«, meinte ein dunkelhaariger Don-Juan-Typ. »Ich zum Beispiel esse kein Fleisch, aber deswegen würde ich nie irgendwelche Aufkleber an Läden kleben.«

»Genau. Sie sucht sicher bloß einen Schuldigen«, schloss sich ein sichtlich betrunkener Glatzkopf der Meinung seines Vorredners an. »Und wir HSV-Fans müssen wieder dran glauben. Wie immer, wenn in München nach dem Spiel etwas passiert.«

»Was hätte das denn für einen Sinn, wenn sie solche Aufkleber an ihr eigenes Schaufenster klebt?« Max tippte sich an die Stirn.

»Versicherung?« Der Blonde mit dem Ho-Chi-Minh-Bärtchen zuckte mit den Achseln.

»Geh, so ein Schmarrn.« Max schüttelte nur den Kopf.

»Kann gar nicht sein, dass das einer von uns war«, mischte sich ein grauhaariger älterer Herr mit Jeansjacke ins Gespräch. »Von uns hat keiner solche Aufkleber. Wenn überhaupt, haben wir nur unsere HSV-Aufkleber. Aber die kleben wir nicht an Schaufenster, sondern dorthin, wo sie nicht stören.«

»Natürlich tut ihr das. Ich glaube jedes einzelne Wort.« Max grinste höhnisch. »Aber Spaß beiseite. Das ist wirklich ein beträchtlicher Schaden, den einer von euch hier verursacht hat. Und ich weiß sogar, wer es war.«

Wissen Sie es auch?

Lösung: 3. Rätsel-Krimi

Es kann nur der stark angetrunkene Mann vom Anfang gewesen sein. Er sagte: »Keiner war's. Das hat die blöde Schlampe schon selbst gemacht.« Woher konnte er zu dem Zeitpunkt wissen, dass die Besitzerin der Metzgerei eine Frau war? Es war Abend und der Laden war längst geschlossen. Er war also offenbar der Einzige der Gruppe, der sie kannte.

GESPENSTER IM BAYERISCHEN WALD

»Gehen wir nun heute auf den Lusen oder nicht?« Monika sah Max, der es sich nach dem Frühstück in einer Liege hinter dem Haus gemütlich gemacht hatte, fragend an.

Weit hinten im Bayerischen Wald, da wo der Fuchs dem Hasen gute Nacht sagt, hatte er für die beiden ein kleines Ferienhäuschen gemietet, um ein paar Tage Abstand vom hektischen München zu bekommen. Genau gesagt residierten sie in Mauth nahe Finsterau, fast an der Grenze zu Tschechien. Auch nach Freyung war es nicht weit.

»Meinst du nicht, dass es mittags zu heiß zum Bergsteigen wird, Moni?« Er rekelte sich und blickte über den Rand seiner Sonnenbrille hinweg zu ihr hinauf.

»Zum Bergsteigen vielleicht. Aber hier gibt es keine Berge, nur Hügel«, erwiderte sie mit der oberbayerischen Arroganz des gewohnheitsmäßigen Alpenbesteigers. »Also, was ist? Abgemacht ist abgemacht.«

»Na gut, ich ziehe mich an.« Er erhob sich stöhnend von seinem gemütlichen Platz an der Sonne und verschwand im Haus.

Zehn Minuten später saßen sie im Auto und fuhren nach Waldhäuser, wo sie den Weg auf den Lusengipfel einschlugen. Sie hätten auch den Lusenparkplatz als Ausgangspunkt ihrer Wanderung wählen können, aber Monika wollte wenigstens eine etwas längere Strecke vor sich haben, wenn es nur so flach hinaufging.

Auf halbem Weg zwischen Lusenparkplatz und Lusenschutzhaus hielten sie an, als ihnen eine Gruppe von acht Touristen begegnete, die immer wieder nach einem Karl riefen.

»Wo ist er denn abgeblieben, Ihr Karl?«, erkundigte sich Max mit der berufsmäßigen Neugier des Exkommissars und jetzigen Privatdetektivs.

»Das wissen wir nicht, sonst würden wir nicht nach ihm rufen«, meldete sich eine kleine zierliche Brünette mit rosa Bluse, Shorts und weißen Turnschuhen in abwehrendem Tonfall zu Wort.

»Wo und wann haben Sie Karl denn zum letzten Mal gesehen?« Max ließ sich nicht aus der Ruhe bringen.

»Es muss irgendwo hier gewesen sein«, antwortete ein beleibter Mann in grünen Bundhosen und rot-weiß gestreiftem Hemd, der sich unentwegt mit einem Stofftaschentuch seine Glatze trocken rieb. »Vor einer Viertelstunde. Er wollte nur mal da hinten pinkeln gehen.« Er deutete auf ein Dickicht etwa 20 Meter linksseitig des Weges. »Wir sind schon vorausgegangen. Er wollte uns einholen, doch er kam nicht. Ein paar von uns haben sich gleich auf die Suche nach ihm gemacht. Aber nichts. Es ist wie verhext. Am besten gehen wir hinunter zum Parkplatz. Wahrscheinlich wartet er dort auf uns. Man darf hier auch nicht zu tief in den Wald hineingehen. Es soll Geister geben, hat unsere Hauswirtin gemeint.«

»Himbeergeist vielleicht, auf der Schutzhütte oben!« Max lachte. Ein paar der Anwesenden stimmten ein. »Sonst gibt es hier nur Bäume, Gras, Steine und den Borkenkäfer. Am besten helfen wir Ihnen suchen.« Er zeigte auf Monika und sich. »Wahrscheinlich hat sich Ihr Karl bloß verlaufen. Weit kann er nicht sein.«

»Das ist sehr freundlich von Ihnen. Ich bin schon ganz fertig.« Der schwitzende Glatzkopf grinste.

»Keine Ursache. Als Privatdetektiv im Urlaub bin ich für jede Abwechslung dankbar. Hier entlang ging Karl, um sein Geschäft zu machen, sagten Sie?« Max zeigte auf den Pfad, der zu dem Dickicht hinüberführte.

»Genau.«

»Nicht nötig, dass Sie uns helfen, vielen Dank. Da hinten habe ich gerade schon nach Karl geschaut«, mischte sich ein blonder junger Mann mit einer goldumrandeten viereckigen Brille ein. »Wir finden ihn schon. Wahrscheinlich sitzt er wirklich längst im Ort unten bei der Kapelle und wartet auf uns. Auf Wiederschauen.« Er drehte sich lächelnd um und begann talwärts zu gehen.

»Wo er recht hat, hat er recht«, meinte der Glatzkopf. »Also dann, nichts für ungut und auf Wiederschauen.« Er lächelte Max und Monika ebenfalls zu.

»Auf Wiederschauen«, murmelte auch ein kräftiger großer Bursche mit dem dunklem Rauschebart und dem Kratzer auf der Stirn neben ihm, während er sich, den Blick auf den Boden geheftet, aufmachte, an Max und Monika vorbeizugehen.

»Wieder mal typisch mein Göttergatte«, schimpfte eine fesche Blondine um die 40 hinter ihm, als sie sich anschickte, ihm zu folgen. »Sogar zum Pinkeln ist er zu blöd.«

Zustimmendes Gelächter der restlichen Karawane, die sich nun in Bewegung setzte.

»Ist er auch sonst nicht der Hellste oder wie meinen Sie das?« Monika blickte interessiert in das blasierte Gesicht der schlanken Frau.

»Er macht andauernd solche Sachen«, erwiderte sie. »Neulich hat er sich sogar im Einkaufszentrum verlaufen, als wir für mich einen Brillantring besorgen wollten. Ich warte heute noch darauf.« Sie warf verächtlich den Kopf nach hinten, während sie weiter bergab ging. »Von mir aus kann er bleiben, wo der Pfeffer wächst. Er hat eh nur einen Haufen Schulden. Auf Wiederschauen.«

»Auf Wiederschauen.«

»Der scheint ihr Mann nicht besonders abzugehen«, raunte Monika Max zu, nachdem die weiterhin laut nach dem Vermissten rufende Gruppe hinter der nächsten Biegung verschwunden war.

»Stimmt«, erwiderte er. »Herrschaftszeiten, ich würde zu gerne ein bisschen nach diesem Karl suchen. Irgendwie hatte ich ein komisches Gefühl bei der Truppe. Was meinst du?«

»Von mir aus. Dein Gefühl hat dich zwar schon etliche Male getrogen. Aber wenn du meinst.« Sie folgte ihm achselzuckend auf dem Pfad zu dem von dem schwitzenden Glatzkopf angesprochenen Dickicht hinüber.

»Wusste ich's doch«, rief Max, als sie keine fünf Minuten später vor dem Leichnam eines mittelgroßen in Jeans und T-Shirt gekleideten Mannes standen. »Das ist bestimmt Karl.«

Der leblose Körper lag in einer leicht einzusehenden Mulde. Karl sah sogar mit dem riesigen Loch im Schädel, das ihm der Täter mit dem großen Stein, der neben ihm lag, zugefügt haben musste, noch attraktiv aus.

»Und ich weiß sogar schon, wer der Mörder war«, fuhr Max an Monika gewandt fort. »Du auch?«

»Ehrlich gesagt nicht. Ein Geist? Seine Frau?«

Wissen Sie's?

Lösung: 4. Rätsel-Krimi

Es war der blonde Mann mit der viereckigen Brille. Als Max erwähnte, dass er Privatdetektiv sei, hat er sogleich versichert, dass er an der Stelle hinter dem Dickicht bereits erfolglos gesucht hätte.

ISARFISCHER LEBEN GEFÄHRLICH

Max bog auf seiner morgendlichen Joggingrunde von der Thalkirchner Brücke aus nach Norden in die kleine Straße neben dem Isarkanal ein, als er gute 20 Meter weiter einen Menschenauflauf bemerkte. Neugierig näherte er sich.

»Was ist denn passiert?«, fragte er den alten Isarfischer, der ihm am nächsten stand und gerade mit seinem Taschenmesser eine Forelle ausnahm.

»Da vorn liegt der Sepp!«, erwiderte der Mann mit den unzähligen Falten im Gesicht. »Tot. Mit einem Messer im Rücken.«

»Was? Wirklich? Ein Mord? Hat jemand die Polizei gerufen?« Max versuchte über die Köpfe der Anwesenden hinweg einen Blick auf den Genannten zu werfen.

»Ja, Alberto hat gerade angerufen.« Der Alte zeigte auf einen blauäugigen, vielleicht siebzigjährigen Hünen mit schlohweißen Haaren, der nicht weit von ihnen stand und weinte. Er drehte unruhig eine südländisch anmutende Kappe, die er sich wohl im Angesicht des Todes vom Haupt gepflückt hatte, in beiden Händen hin und her.

»Alberto? Ein Italiener?«

»Ja. Südtiroler. Sepps bester Freund. Ich bin der Franz. Ich war Sepps älterer Bruder.«

»Aha. Angenehm, Max Raintaler. Ich wohne gleich da vorn.« Er zeigte nach Nordwesten. »Und mein Beileid.«

»So, so. Ein Thalkirchner. Sepp war auch aus Thalkirchen. Ich komme aus Obergiesing drüben.« Franz zeigte zum Hochufer auf der anderen Seite der Isar hinüber.

Max schüttelte ihm die raue Hand. »Wer sind denn die ganzen anderen Leute?«

»Noch sechs weitere von uns Isarfischern. Der Rest sind Schaulustige, die vorbeigekommen sind. Warum interessiert Sie das alles?«

»Berufskrankheit. Ich war bis vor ein paar Jahren Hauptkommissar bei der Kripo.«

»Ach so, bei der Polizei waren Sie. Ja, da schau her. Dann sollten Sie lieber den Herbert Pfannenstiel befragen. Der hat nämlich den Sepp gefunden. Wir anderen sind erst etwas später dazugekommen.« Franz deutete mit zitternder Hand auf einen unrasierten älteren Mann in Gummistiefeln und abgetragener Anglerweste, die sich über seinem runden Trommelbauch spannte.

»Hat der Sepp zu diesem Zeitpunkt noch gelebt?«

»Nein, der war schon tot, als der Herbert ihn gefunden hat, meint der Herbert.«

»Aha, meint er. Aber weiß man es?«

»Nein.« Franz rührte sich nicht, starrte nur ins Leere.

»Aha. Na gut, dann rede ich wohl am besten mal mit dem Herbert.«

»Sag ich doch.« Franz lächelte ihm flüchtig zu.

Dann blickte er in den weiß-blauen bayerischen Himmel hinauf. »Hoffentlich hat er es da oben jetzt besser als hier, der Sepp«, murmelte er.

»Wieso?« Max spitzte die Ohren.

»Krebs. Endstadium. Aussichtslos«, kam die leise Antwort.

»Oje. Manche von uns trifft es hart. In einer solchen Situation machen viele selbst Schluss.« Aber er kann sich schlecht aus Verzweiflung eigenhändig in den Rücken gestochen haben, dachte Max weiter.

»Der Sepp nicht. Der war streng gläubig. Da darf man sich nicht selbst töten. Er hätte sich das auch so nicht getraut, obwohl er eigentlich schon lange nicht mehr wollte. Hat er mir jedenfalls oft genug gesagt.« Die Tränen schossen Franz in die Augen.

»Dass er eigentlich nicht mehr wollte?«

»Ja.«

»Verstehe.«

Selbstmord kam hier auf keinen Fall infrage. Es konnte um alles Mögliche gegangen sein, Geld, Neid, Eifersucht. Die Liste der Motive in solch einem Fall war endlos. Max beschloss sich anzuhören, was Herbert Pfannenstiel zu sagen hatte. Dem Namen nach schien er nicht zwingend ein Einheimischer zu sein.

»Grüß Gott, Herr Pfannenstiel«, sagte er, sobald er vor dem voluminösen Mann mit der abgetragenen Anglerweste stand. »Raintaler mein Name. Ich bin

Privatdetektiv und ehemaliger Hauptkommissar bei der Kripo. Der Bruder des Toten hat gemeint, dass Sie Sepp als Erster entdeckt hätten.«

»Da hat er ganz recht, der Franzl«, erwiderte Herbert kopfnickend.

Aha, dem Dialekt nach ein Kölner, stellte Max zufrieden fest. Hat mich mein Schnüfflernäschen also wieder mal nicht getäuscht.

»Ich habe den Sepp gefunden«, fuhr Herbert fort. »Aber da war er schon tot. Das schwöre ich.«

»Wenn Sie das sagen, glaube ich es Ihnen. Oder hätten Sie einen Grund zu lügen?« Max sah ihm mit perfekt gespielter Unschuldsmiene direkt in die Augen.

»Na ja«, druckste Herbert herum. »Jeder weiß, dass der Sepp und ich nicht gerade die dicksten Freunde waren. Es gab immer wieder Streit wegen diesem und jenem. Vor allem dann, wenn es um das Thema Damen ging. Konkurrenz, Sie verstehen?«

»Sie und Herbert waren hinter derselben Dame her?«

»Könnte man so sagen, ja. Aber ich hätte ihn niemals deswegen umgebracht. Man ist ja keine 20 mehr.« Herbert schüttelte vehement den Kopf, um die Glaubwürdigkeit seiner Aussage zu unterstreichen.

»Wer wusste davon?«

»Alle. Unsere Freunde und die Dame natürlich auch.«

»Aha. Klingt nicht gut für Sie.«

»Ja, aber alle anderen waren auch hinter ihr her. Außer dem Franz. Seine Frau lebt noch.«

»Und wo sind die anderen Herren Ihrer Clique?«

»Ich hole sie.«

Als sich er sich mit den anderen um Max versammelt hatte, fuhr Herbert fort. »Der Sepp hat doch dieses Fischermesser im Rücken. Meins ist es aber nicht. Ich habe es noch. Sehen Sie, hier.« Er klopfte auf die kleine Seitentasche in seiner Weste, in der tatsächlich ein Messer steckte. »Es kann also nur einer von den anderen gewesen sein.«

»Sie meinen, dass einer von ihnen Sepp getötet hat?«

»Ja. So muss es gewesen sein. Danach kam der Mörder wieder mit den anderen zum Tatort zurück.«

»Wir haben unsere Messer aber auch bei uns, Herbert. Du bist vielleicht eine linke Bazille«, rief Alberto. Er zeigte auf sich und die anderen vier. »Du willst doch bloß von deiner Schuld ablenken. Alle wissen, dass du wegen Resi Thalhammer aus dem Stift auf Sepp eifersüchtig warst. Du warst als Erster bei ihm, und du hast dir für den Mord eben ein anderes Messer besorgt. Basta.«

Die anderen nickten.

»Da muss ich Ihnen leider widersprechen«, mischte sich Max ein. »Ich glaube, ich weiß, wer Sepp umgebracht hat. Es ist Franz.« Er zeigte auf den Bruder des Verstorbenen, der gerade von zwei Beamten in Uniform befragt wurde.

Lösung: 5. Rätsel-Krimi

Wie kam Max darauf, dass Franz seinen Bruder umgebracht hat?

Franz konnte seinen Bruder offensichtlich nicht länger leiden sehen und hat ihn erlöst, weil der sich nicht getraut hat, es selbst zu tun. Franz hat außerdem seinen Fisch mit einem Taschenmesser ausgenommen. Sein Fischermesser steckte demnach in Sepps Rücken, während alle anderen Fischer ihres noch bei sich trugen.

AMIGOS

»Moment mal. Bekomme ich nicht noch zehn Euro?« Exkommissar Max Raintaler blickte die Kellnerin des gemütlichen Traditionslokals in der Münchner Innenstadt fragend und misstrauisch zugleich an, bevor sie mit seinem Rückgeld verschwinden konnte. Immer das Gleiche, dachte er. Jeder auf dieser schnöden Welt versucht dich zu bescheißen. Na ja, vielleicht nicht unbedingt jeder. Aber fast jeder auf jeden Fall.

»Oh, Entschuldigung. Die Hektik, Sie verstehen«, erwiderte die Blondine, bei der er gerade sein Bier und Monikas Radlerhalbe bezahlt hatte, während sie einen roten Kopf bekam.

»Man kann es ja mal probieren.« Max lächelte nachsichtig. Das Misstrauen war dabei allerdings noch nicht ganz aus seinem Gesicht verschwunden. Holzauge bleib wachsam, immerzu und überall, sagte er sich.

»Tut mir wirklich leid. War keine Absicht.« Sie fischte den fehlenden Zehner aus ihrem Geldbeutel und legte ihn auf den Tisch.

Er bedankte sich mit einem leichten Nicken und schob ihn ein.

»Das hat sie bestimmt nicht mit Absicht getan«, meinte Monika, als die junge Frau wieder gegangen war.

»Kann sein, kann aber auch nicht sein.« Er runzelte die Stirn. »Franzi hat mir da neulich eine Geschichte erzählt, die ist schlicht unglaublich.«

»Über betrügende Kellnerinnen?«

»Nein. Über Betrug im großen Stil.«

»Erzähl.« Sie sah ihn erwartungsvoll an.

»Also gut.« Er räusperte sich noch einmal, bevor er loslegte. »Unser geliebter kleiner dicker Hauptkommissar Franz Wurmdobler war da an einer ganz großen Sache dran.«

»Die da wäre?«

»Kommt ja schon. Also, pass auf. Ein skrupelloser, schwerreicher Bauunternehmer, dem jedes Mittel recht ist, um an Aufträge zu kommen, will in – sagen wir beispielsweise mal – Garmisch ein Fußballstadion bauen.«

»Bestechung?«

»Genau. Er schmiert einen Banker, einen Stadtrat und den Bürgermeister, damit er den Auftrag bekommt.«

»Okay. In Garmisch war ja auch das mit der Beinahe-Olympiade. Stimmt's?«

»Stimmt genau. Also, alle vier sind aber darauf angewiesen, dass ein reicher Bauer ein riesiges Stück Land dafür verkauft, bevor es mit dem Bau des Stadions losgehen kann. Doch der will zunächst nicht verkaufen.«

»Recht hat er.« Monika bekräftigte ihren Ausspruch mit einem entschiedenen Kopfnicken.

»Mag sein. Aber am Ende hat er dann doch verkauft.« Max hob den Zeigefinger.

»Aha. Und warum?« Monika sah ihn fragend an.

»Weil einer von den Vieren ihn erfolgreich unter Druck gesetzt hat.«

»Aha und wer?«

»Das darfst du gleich erraten. Ich erzähle dir das Gleiche, was mir Franzi verraten hat.«

»Na gut. Dann los. Was du kannst, kann ich schon lange.«

»Also gut. Der Bauer ist ein anerkennungssüchtiger, geldgieriger, risikoscheuer und familienhassender Mensch. Seine Devise ist, Geld steht über allem, jeder hat seinen Preis. Der Stadtrat ist der Mann seiner Schwester, also sein Schwager.«

»So weit, so gut. Ist das schon alles an Information?«

»Nein, Moni. Es kommt noch mehr. Der Bauer sehnt sich nach der Ehrenbürgerschaft, nur um seinem Schwager, der seit Jahren verhindert, dass er sie verliehen bekommt, damit eins auszuwischen. Sein Schwager und er mögen sich nämlich nicht. Muss ich wohl gar nicht groß betonen.«

»Wer mag schon seinen Schwager«, bemerkte Monika trocken.

»Wie dem auch sei. Auf jeden Fall bietet ihm der Bürgermeister die Ehrenbürgerschaft an, auf die er so scharf ist, falls er das für den Bau des Stadions benötigte Grundstück verkauft. Und der größte Banker des Ortes ködert ihn damit, dass er ihm fortan für alle Zeit günstigere Kredite gegen die üblichen Sicherheiten verschaffen werde. Wesentlich günstigere.«

»Und was tut der Stadtrat, um ihn rumzukriegen?«

»Der bietet ihm an, mit seiner Schwester aus dem gemeinsamen Hof auszuziehen und ihm den Hof allein zu überlassen.«

»Was glaubst du wohl, wer ihm das verkaufsentscheidende Angebot unterbreitet hat?«

Monika überlegte eine halbe Stunde lang. Dann gab sie auf. »Alle haben ein gutes Argument. Ich komm nicht drauf. Hast du es gleich herausgefunden?«

»Nicht gleich, aber recht bald.« Max grinste.

»Aha. Gratuliere, Herr Meisterdetektiv. Und wer war es?«

»Es war der Bauunternehmer selbst.«

Wie kam Max darauf, dass es der Bauunternehmer war?

Lösung: 6. Rätsel-Krimi

Der Bauunternehmer hatte das meiste Geld von allen, da er es sich sogar leisten konnte, alle drei anderen zu bestechen. Also packte er den geldgierigen Bauern, dessen Devise »Geld steht über allem (dann ja wohl auch über dem ungeliebten Schwager), jeder hat seinen Preis« war, bei seiner größten Schwäche. Er schraubte sein Bestechungsangebot so lange in die Höhe, bis dieser schließlich nachgab und verkaufte. Kredite sind stets mit dem Risiko, dass man sie eines Tages nicht zurückzahlen kann, verbunden, eine Ehrenbürgerschaft kam für den Bauern, genau wie die Familie, erst nach dem Geld.

KLASSENTREFFEN IN DER JACHENAU

Der Ex-Schwager von Josef, Max' Freund und Vereinskollegen beim FC Kneipenluft, Herrmann Brüller, hatte für Samstag zu einer Lagerfeuerparty in der Jachenau eingeladen. Logisch, dass Max sich die Gelegenheit, ein paar alte Bekannte bei ein paar schönen Flaschen Bier unter freiem Sternenhimmel zu treffen, nicht entgehen ließ. Er kam der Einladung gemeinsam mit Josef nach. Für Zelte und das leibliche Wohl war gesorgt. Jeder musste lediglich seinen Schlafsack und gute Laune mitbringen.

Als Max und Josef gegen sechs Uhr beim Festplatz im Wald zwischen Jachenau und Walchensee eintrafen, war die Feier bereits in vollem Gange. Etliche Bekannte und alte Schulkameraden, die Max ewig nicht mehr gesehen hatte, hatten sich auf dem großzügigen Areal neben der Jachen, die von hier aus in die Isar weiterfloss, eingefunden. Zum Beispiel die schöne brünette Sabine Leuschenberger-Hinterdinger, mit der er zu Schulzeiten einmal etwas gehabt hatte, die aber heute mit Eduard Hinterdinger, einem reichen, übergewichtigen Bauunternehmer verheiratet war, oder Herbert Reinfremd, ein schon immer schmal gebauter Kindergartenfreund und Exkollege, der lange vor Max aus gesundheitlichen Gründen bei der Kripo aufgehört hatte. Severin Staller war auch da. Max hatte mit dem erfolgreichen Architekten Abitur gemacht. Und dann natürlich der absolute Star, der Mann, der es am Weitesten von allen gebracht hatte. Der Mann in der Lederhose, Rudi Moos, seines Zeichens erfolgreichster deutscher volkstümlicher Schlagersänger aller Zeiten. Mit Gassenhauern wie ›Ahoi, kleines Rehlein‹, ›Treu bis zum Ende‹, ›Deine Augen sind sanft wie der Sommerwind‹ oder ›I mog di gar so gern‹ hatte er sich über die letzten gut 20 Jahre hinweg in die Herzen der deutschen, österreichischen und schweizerischen Hörer gesungen und damit ein Millionenvermögen angehäuft.

Max und Josef begrüßten die anderen und schenkten sich erst einmal ein Bier vom Fass ein. Man sprach über dies und das, trank den einen oder anderen Schluck und zwei Stunden später war das Spanferkel über dem Feuer durch. Gierig machten sich die Anwesenden darüber her. Danach nahm die feuchtfröhliche Feier ihren Lauf.

Als Max am nächsten Morgen gegen zehn mit einem dicken Kopf aus seinem und Josefs Zweimannzelt stolperte, herrschte bereits große Aufregung im Lager. Rudi Moos war verschwunden. Er hatte sich bei niemandem abgemeldet.

»Seit wann vermisst ihr Rudi denn schon?«, erkundigte sich Max gähnend, der sich am liebsten wieder zu Josef ins Zelt gelegt hätte. Stress am frühen Morgen war absolut nichts für ihn.

»Als ich vorhin aufgewacht bin, habe ich jemanden murmelnd am Zelt vorbeigehen gehört«, meinte Severin Staller, der sich mit Herbert Reinfremd das Zelt am Lagereingang geteilt hatte.

»Wann war das?«

»So um neun. Ich musste pinkeln und konnte deshalb nicht weiterschlafen.«

»Hast du ihn gesehen, als du zum Pinkeln bist?«

»Nein.«

»Hat sonst jemand Rudi gesehen oder gehört?«, wandte sich Max auf die detaillierte Information des Architekten hin an die anderen.

»Ich meine, so gegen fünf Uhr morgens etwas gehört zu haben.« Eduard Hinterdinger erhob sich von seinem Sitzplatz beim Feuer und kam näher. »Als würde jemand aus dem Lager gehen. Kann mich aber auch getäuscht haben, weil ich im Halbschlaf war.«

»Aha. Das bringt uns auch nicht weiter.« Max räusperte sich.

»Ich habe auch jemanden um neun gehört«, meinte der kränkliche Herbert Reinfremd, Max' Exkollege bei der Kripo. »Rudi hat doch schon immer gemacht, was er wollte. Wahrscheinlich ist unser reiches Luxusbürscherl heimgegangen und hat sich in sein Himmelbettchen gelegt.«

»Hör ich da so etwas wie Neid, Herbert?« Max grinste.

»Ach wo.« Herbert winkte ab und grinste ebenfalls. »Neid ist etwas für Benachteiligte. Ich bekomme doch eine schöne Pension wie du, Max.«

»Herbert hat ganz recht, der Arsch ist garantiert zu Fuß zum Bus unterwegs oder so.« Hermann näherte sich der morgendlichen Versammlung von der Seite. Offenbar hatte er von seinem Zelt aus mitgehört. »Hatte wohl Angst erwischt zu werden, unser Süßer.«

»Süßer?« Max runzelte die Stirn.

»Logisch. Rudi ist stockschwul, Max. Hast du das nicht gewusst? Was meinst du denn, warum er ausgerechnet mit dem schönen Reiner gleich hier drüben im Zelt lag?« Er zeigte auf das drei Meter von ihnen entfernt stehende Zelt. »Der im Übrigen immer noch tief und fest schnarcht, wie man hören kann. Kein Wunder nach dem ganzen Schnaps, den er sich gestern reingekippt hat.« Herrmann kratzte sich ausgiebig am Hintern.

»Was, Reiner ist auch …?«

»Ja. Seit der Schule.«

»Davon wusste ich nichts. Ist mir aber auch egal. Jeder wie er will. Hat Rudi einen festen Freund?«

»Ja, Daniel heißt er. So ein eifersüchtiger kleiner Blonder. Sie sind verheiratet. Also, äh, eheähnlich.«

»War Daniel gestern auch hier? Vielleicht weiß er ja, wo unser Schlagerstar abgeblieben ist.«

»Nein, aber er wollte ihn heute Morgen mit dem Auto abholen. Hat ihn gestern auch gebracht. Er müsste seit einer Stunde da sein.« Hermann hörte auf sein Hinterteil zu kratzen, weil sich Sabine der Versammlung näherte. »Na ja. Hat sich wohl verspätet. Obwohl Rudi gestern andauernd seine Verlässlichkeit beschworen hat.«

»Aha. Na gut. Das bringt uns auch nicht weiter«, meinte Max.

»Was ist los?«, wollte Sabine wissen, nachdem sie sich neben ihren Eduard gestellt hatte.

»Rudi ist verschwunden«, klärte Max sie auf. »Hat eigentlich schon jemand nach ihm gesucht? Vielleicht schläft er selig besoffen irgendwo im Wald.« Er sah die anderen neugierig an.

»Du hast recht, Max. Also, alle Mann. Auf geht's. Bestimmt finden wir ihn ganz in der Nähe.«

Herrmann stapfte los. Die anderen ebenfalls.

Ausgerechnet Max fand ihn. Auf halbem Weg zur Bundesstraße lag er seitlich des Schotterweges neben einem Felsen. Tot, mit einem blutenden Loch im Kopf.

»Hab ich's mir doch gleich gedacht, dass Rudis schwuler Freund, dieser Daniel, sein Mörder ist«, sagte Max zu Josef, der ihn begleitete.

»Aber der ist doch noch gar nicht da.« Josef kratzte sich ratlos am Kopf.

Woher wusste Max, dass Daniel der Mörder war?

Lösung: 7. Rätsel-Krimi

Aufgrund logischer Schlussfolgerungen. Daniel sollte um neun da sein, um Rudi abzuholen. Da er um zehn nicht anwesend war und niemand mit Rudis Tod rechnete, gingen alle davon aus, dass er erst noch kommen würde. Doch er ist pünktlich da gewesen (aufgrund Rudis Aussage sei er sehr verlässlich) und hat wohl in den Zelten nach Rudi gesucht. Rudi musste es ganz schön peinlich gewesen sein, als Daniel ihn in Reiners Zelt entdeckte. Severin und Herbert haben Daniel und Rudi dann um neun Uhr an ihren Zelten vorbeigehen hören, als sie das Lager verließen. Nachdem sie das Lager verlassen hatten, mussten sie gestritten haben. Der eifersüchtige Daniel ist dabei ausgeflippt und hat zugeschlagen.

E-MAIL VOM TÄTER

»Servus, Max. Franzi hier. Hast du einen Moment für mich Zeit?« Max Raintalers alter Freund und Exkollege bei der Münchner Kripo, Hauptkommissar Franz Wurmdobler, klang bedrückt.

»Für dich immer, Franzi. Was gibt's? Sorgen? Einen neuen Witz, über den keiner lachen will?« Max setzte sich mit dem Telefon in der Linken und seinem Kaffee in der Rechten auf seine gemütliche rote Wohnzimmercouch und spitzte die Ohren. »Besonders fröhlich klingst du nicht gerade.«

»Dazu habe ich auch keinen Grund«, jammerte Franz. »Ich habe da so einen saublöden Fall an der Backe, aus dem ich ums Verrecken nicht schlau werde.«

»Ach, da schau her, der Herr Hauptkommissar weiß mal wieder nicht weiter.« Max und Franz schossen sich aus Gewohnheit seit Jahren gegenseitig hoch. Da konnte sich Max eine süffisante Bemerkung natürlich nicht verkneifen.

»Sehr witzig. Das reibe ich dir das nächste Mal auch unter die Nase, wenn du wieder mal unseren Polizeicomputer bemühen willst.« Franz' Stimme hörte sich wirklich nicht an, als wäre ihm im Moment nach Scherzen zumute.

»So ernst? Na gut, Franzi. Leg schon los, wie kann

ich dir helfen?« Max trank einen Schluck Kaffee und stellte die Tasse danach auf seinem Couchtisch ab.

»Also, pass auf. Es ist so. Ich habe hier gerade acht ähnliche E-Mails von verschiedenen Verdächtigen vorliegen. Es hat gestern Abend um halb acht einen Tankstellenraub im Glockenbachviertel gegeben. Ich weiß ganz genau, dass einer oder zwei der E-Mail-Verfasser den Raub begangen haben. Aber ich komme nicht darauf, wer. Könntest du dir die E-Mails vielleicht mal anschauen?«

»Logisch, Franzi. Schick sie mir einfach rüber. Ich melde mich dann wieder bei dir.«

Max erhob sich auf der Stelle von seiner Couch. Wenn sein Schnüfflerinstinkt erst einmal geweckt war, gab es kein Halten mehr. Er ging zu seinem Schreibtisch hinüber und schaltete seinen PC ein. Dann las er die E-Mails, die Franz ihm geschickt hatte.

E-Mail von Werner B. an Herrmann F.: ›Morgen Abend um halb acht geben wir dem Affen Zucker. Bist du auch gut gerüstet? Die Insel wartet schon auf uns.‹

Antwort von Herrmann F. an Werner B.: ›Wir ziehen das durch. Habe alle wichtigen Klamotten im Gepäck. Megapark und Schinkenstraße aufgepasst, die Münchner kommen. Da bleibt garantiert kein Auge trocken.‹

E-Mail von Harry K. an Herbert S.: ›Morgen Abend um halb acht ist es so weit. Und danach nichts wie ab über den Brenner. Sonne, Grappa und schöne Mädchen, Hammer. Ich freue mich wie ein Schnitzel.‹

Antwort von Herbert S. an Harry K.: ›Logisch, Alter. Ich bin dabei, wie abgemacht. Habe unser Urlaubsgefährt bereits organisiert. Damit kommen wir locker bis ans Ende der Welt.‹

E-Mail von Jens B. an Markus F.: ›Morgen Abend um halb acht geht's los. Höchste Zeit, mal wieder gründlich aufzutanken. Freust du dich auch schon auf deinen Liegestuhl an der türkischen Riviera?‹

Antwort von Markus F. an Jens B.: ›Und wie, Mann. Das haben wir uns verdient, oder? Endlich frei. Niemand, der nervt, niemand, der uns bremst, niemand, der uns etwas verbieten kann. Einfach nur genial.‹

E-Mail von Rüdiger B. an Jochen W.: ›So was von geil, Alter. Treffpunkt morgen Abend um halb acht. Mitternacht sind wir längst über die Berge. Hoffentlich weht ein anständiger Wind in Kroatien. Segeln ohne Wind ist wie Fahrradfahren ohne Fahrrad.‹

Antwort von Jochen W. an Rüdiger B. ›Machen wir. Du kannst dich wie immer voll auf mich verlassen. Freue mich auch schon darauf, mein Geld unter die Leute zu bringen. Hoffentlich sind genug Mädels für uns da.‹

Und da hat Franzi Probleme, die Täter zu finden?, dachte Max. Wenn er genau weiß, dass es jemand von ihnen gewesen ist, dann ist die Sache doch ganz einfach.

Denken Sie das auch?

Lösung: 8. Rätsel-Krimi

Harry K. und Herbert S. waren die Täter. Harry K. schrieb: ›Morgen Abend um halb acht ist es so weit. Und danach nichts wie ab über den Brenner.‹ Er sprach wie die anderen eine Sache an, die morgen um halb acht passieren sollte. Aber er meinte im Gegensatz zu den anderen nicht die Fahrt in den Urlaub. Die Sache (vermutlich der Raub) sollte vorher geschehen. Und erst danach ging es »nichts wie ab über den Brenner«. Außerdem hatte Herbert S. ihr Urlaubsgefährt bereits »organisiert«, was, wenn man die Ganovensprache zugrunde legt, auf die verschlüsselte Nachricht bezüglich eines Autodiebstahls hindeuten könnte.

MORD IM MIETSHAUS

»Recht geschieht es ihm. Andauernd dieser Radau. Das hält doch kein Mensch aus.« Frau Reiser warf empört den Kopf nach hinten, während die Männer vom Bestattungsinstitut die Leiche von Bernd Segdorfer, ihrem Nachbarn aus der Etage über ihr, in einem Plastiksarg an ihrer geöffneten Tür vorbeitrugen. »Mein Herbert hat ihm bestimmt hundertmal gesagt, er soll nicht so laut herumtrampeln und seine Musik leiser stellen. Ja, mei. Wer nicht hören kann, muss eben fühlen.«

»Manchmal erwischt es halt doch die Richtigen.« Frau Meier von gegenüber, die im hautengen roten Minikleid mit ihrem Nachmittagskaffee in der Hand ebenfalls vor ihrer Tür stand, hatte den jungen Mann offenbar auch nicht leiden können. »Immerzu diese laute Musik, eine Party nach der anderen und andauernd fremde Leute in der Wohnung. Das konnte ja nicht gut gehen. Und beleidigt hat er einen auch noch. Geschieht ihm ganz recht, dass ihm endlich jemand eins auf den Kopf gegeben hat.«

»So, so. Haben sie den Rauschgiftler aus dem zweiten Stock ausgeknipst? Das musste ja so kommen. Der Herr sei seiner Seele gnädig.« Der längst pensionierte, aber rüstige Herr Markward vom dritten Stock kam gerade vom Einkauf zurück, Zeitung, Zigaretten, Flasche Cognac, wie immer.

»Hast du ihm etwa die Watschn verpasst, die du ihm letzte Woche angedroht hast, Otto?« Die blonde Frau Meier, von der jeder im Haus wusste, dass sie gerne einmal den einen oder anderen Herrenbesuch empfing, setzte einen hinterfotzig unschuldigen Blick auf.

»Natürlich nicht, Rosi. Genauso wenig, wie du ihm wohl deine kriminellen russischen Freunde auf den Hals gehetzt hast, die dich ab und zu besuchen. Oder? Außerdem: von einer Watschn stirbt man nicht gleich. Schon eher von einem Messerstich.« Otto Markward setzte seine Einkaufstasche auf der Stiege ab, verschränkte die Arme vor der Brust und grinste sie herausfordernd an. »Oder wolltest du ihn nicht vergiften? Egal, sei's drum.«

»Besonders beliebt schien der Tote hier im Haus nicht gerade zu sein.« Hauptkommissar Franz Wurmdobler warf seinem alten Freund und Exkollegen bei der Kripo Max Raintaler einen wachsamen Blick zu. Er hatte Max zufällig auf dem Weg zum Tatort getroffen und kurzerhand als außerpolizeilichen Berater mitgenommen. Zuerst waren sie in der Wohnung des Opfers gewesen. Man hätte Segdorfer vor drei Stunden mit einem Baseballschläger oder etwas in der Art erschlagen, hatte der Doktor dort gemeint.

Schlimme Schädelfraktur, absolut tödlich. Nun standen sie beide im ersten Stock vor Frau Reisers Tür. Sie hatten die rundliche, 40-jährige Hausfrau gerade befragt und wollten zu den anderen Nachbarn gehen, um diese ebenfalls zu interviewen. Die nicht ganz zufällige Versammlung der Hausbewohner im Treppenhaus erleichterte ihnen ihre Aufgabe.

»Ja. Schaut ganz so aus, Franzi.« Max schüttelte den Kopf.

»Hey, Sie da oben! Kommen Sie doch auch mal zu uns runter.« Franz zeigte auf den schmalen Heinrich Gierig, der oben auf dem Treppenabsatz stand. Er hatte die Szenerie bisher nur schweigend beobachtet.

»Ich?« Heinrich sah ihn fragend an.

»Ja, Sie. Wir sind von der Polizei und haben ein paar Fragen an Sie alle.« Franz machte ein offizielles Gesicht.

»Unser zarter Herr Schauspieler wird doch nicht handgreiflich geworden sein?« Herr Markward lachte, während Heinrich bei ihnen anlangte. Frau Reiser und Frau Meier lachten mit.

»Seien Sie bloß vorsichtig mit Ihren Äußerungen, guter Mann«, warnte ihn Franz mit erhobenem Zeigefinger. »Leichtfertig einen Verdacht auszusprechen, hat schon so manchem Kopf und Kragen gekostet.«

»Ich hab dem Bernd nichts getan. Ich schwöre«,

beteuerte Heinrich. »Da war es schon eher dieser brutale Kerl aus dem Erdgeschoss, dieser Ruppert Brettschneider.«

»Vorsicht, Schwuchtel! Pass auf, was du sagst.« Otto Markward streckte seine Brust heraus. Er bedachte den erfolglosen jungen Schauspieler mit einem bösen Blick. »Ruppert ist schon in Ordnung. Außerdem ist er heute Morgen zum Fischen an den Starnberger See gefahren.«

»Hey, hey, hey. Langsam, Leute. Wenn hier einer die Schuld auf den anderen schiebt, heißt das noch lange nicht, dass jemand damit recht hat. Wir sind ja nicht ganz blöd.« Max zeigte auf sich und Franz. »Wie kommen Sie auf den Herrn Brettschneider?«, wandte er sich an Heinrich.

»Der hat eine Pistole. Er hat sie mir einmal gezeigt. Außerdem ist er brutal, er hat mir mal eine runtergehauen. Wenn einer Bernd erschossen hat, dann er.« Heinrich blickte Max fest in die Augen.

»Wohnen sonst noch Leute im Haus?« Max stellte seine Frage in die Runde.

»Natürlich«, erwiderte Frau Meier. »Da ist noch dieses Ausländerpaar unter dem Dach. Die sollten Sie sich mal vornehmen. Der Gözdemir flippt doch schon aus, wenn ein Mann seine Frau bloß anschaut. Und der Segdorfer hat die Frau Gözdemir sogar öfter angesprochen.«

»Stimmt«, bestätigte Frau Reiser. »Der Herr Gözdemir hat auch so einen gefährlichen Blick. Na ja, Ausländer halt. Die sind doch alle so. Nehmen unseren Männern den Job weg und vergewaltigen uns Frauen.«

»Schön wär's, gell, Marianne?« Otto blinzelte ihr anzüglich zu. Er lachte erneut. »Aber ihr habt schon recht, ihr beiden. Der Gözdemir erscheint mir auch sehr verdächtig.«

»Wo sind denn die Gözdemirs?«, erkundigte sich Max.

»Na, wie immer in der Arbeit. Genau wie mein Herbert.«

»Hat jemand von Ihnen seit heute Morgen einen Fremden im Haus gesehen?« Franz sah gespannt von einem zum anderen.

Alle schüttelten den Kopf.

»Sonst wohnt niemand im Haus?«

»Nein«, gab Frau Reiser zur Antwort.

»Ich weiß genug, Franz. Gehen Sie bitte wieder in Ihre Wohnungen zurück, Herrschaften.« Max nickte Franz entschlossen zu.

Wissen Sie auch genug? Also dann, wer war's?

Lösung: 9. Rätsel-Krimi

Frau Meier wusste als Einzige, dass Bernd Segdorfer erschlagen wurde. »Geschieht ihm ganz recht, dass ihm jemand eins auf den Kopf gegeben hat.« Niemand außer dem Täter oder dem Auftraggeber konnte das wissen, da der Sarg geschlossen abtransportiert wurde.

ZWILLINGSVERHÖR

»Sie sagen also, dass Sie es waren?« Max staunte genauso wie sein alter Freund und Exkollege Franz Wurmdobler über den glatzköpfigen Hubert Schneidinger, der gerade in Franz' Büro gekommen war und behauptet hatte, dass er seinen Vater, den Großindustriellen Hermann Schneidinger erschossen habe. Obwohl Franz den Täter Burkhard Schneidinger, Huberts Zwillingsbruder, bereits wegen des Mordes verhaftet hatte.

»Ja.«

»Wie haben Sie es denn gemacht?«

»Ich habe ihm an der Isar aufgelauert, als er abends wie immer seine Joggingrunde drehte.«

»Aha.« Mist, der erzählt genau das gleiche wie sein Zwillingsbruder, dachte Max. Wollen die uns etwa verarschen? »Und dann haben Sie was getan?«

»Dann habe ich abgedrückt. Mit Schalldämpfer.«

»Woher hatten Sie die Waffe?«

»Bahnhof. Der Typ hat mir seinen Namen nicht gesagt.«

»Und wo ist sie jetzt?« Max, der neben dem Verdächtigen vor Franz' Schreibtisch saß, rückte seinen Stuhl etwas näher. Er wollte ihm genau in die Augen schauen.

»In der Isar.« Hubert zuckte nur die Achseln.

»Das ist doch alles purer Blödsinn, Herr Schneidinger. Ihr Zwillingsbruder Burkhard im Verhörraum drüben hat uns genau dasselbe erzählt. Nur dass er dabei der Täter war. Sie beide haben sich doch abgesprochen. Geben Sie's schon zu.«

»Es ist so, wie ich es sage. Burkhard ist unschuldig. Er will mich nur schützen.« Hubert starrte geradeaus auf die Wand hinter Max.

»Oder Sie ihn.« Der blonde Münchner Exkommissar schüttelte unwillig den Kopf. »Komm mal mit vor die Tür«, wandte er sich an Franz.

»Was machen wir mit denen?«, fuhr er fort, als sie auf dem Flur standen. »Ganz offensichtlich wollen Sie beide die Schuld zugeben, sodass keiner von ihnen verurteilt werden kann.«

»Knifflige Sache. Wenn sie stur genug sind, kommen sie vielleicht sogar damit durch.« Franz kratzte sich nachdenklich am Hinterkopf.

»Wir müssen ihnen eine Falle stellen.«

»Und wie soll das gehen?«

»Weiß ich auch noch nicht. Gib mir eine halbe Stunde Zeit. Ich gehe einmal kurz um den Block. Dabei ist mir bisher immer noch etwas eingefallen.« Max blinzelte seinem Freund zuversichtlich zu.

»Na gut. Ich halte den Burschen so lange fest.« Franz klopfte ihm ermunternd auf die Schultern und öffnete seine Bürotür.

Max ging den Flur entlang zum Treppenhaus. Dort stieg er ins Erdgeschoss hinunter. Einmal kurz um den Block hieß bei ihm normalerweise, hinunter in die Fußgängerzone, dann vor zum Stachus, wo die Touristen um den Brunnen herumsaßen, dort rechts bis zum Promenadeplatz und da erneut rechts, bis er wieder zum Revier in die Ettstraße kam.

Nachdem er in Franz' Büro zurückgekehrt war, hatte er sich einen Schlachtplan zurechtgelegt, wie er mit etwas Glück vielleicht den wahren Täter unter den Zwillingen ausmachen konnte.

»Sie wollen also, dass Ihr Bruder nicht für den Mord an Ihrem Vater ins Gefängnis gehen muss, richtig?«, nahm er den Faden wieder auf, als er sich zu Franz und Hubert Schneidinger gesetzt hatte.

»Natürlich. Er war es ja auch nicht.«

»Und wenn ich Ihnen nun sage, dass ich gerade bei Ihrem Bruder war, und dass der Sie des Mordes an Ihrem Vater beschuldigt hat, nachdem ich ihm erzählt habe, dass Sie ihn beschuldigt hätten?«

»Das glaube ich Ihnen nicht. Burkhard würde das genauso wenig tun wie ich.« Hubert setzte eine entschlossene Miene auf.

»Hat er aber doch. Er hat gemeint, dass Sie ihm im Grunde genommen völlig egal wären. Wenn es darum ginge, wer von Ihnen beiden wegen des Mordes an

Ihrem Vater ins Gefängnis gehen solle, dann wäre es bestimmt nicht er. Er wäre doch ein kompletter Idiot, wenn er sein zukünftiges Leben mit dem Erbe Ihres Vaters wegwerfen würde, hat er gesagt.«

»Von mir aus. Soll er das Erbe doch haben. Ich glaube Ihnen trotzdem nicht, was Sie da sagen. Mein Bruder liebt mich genauso sehr, wie ich ihn liebe.« Hubert machte ein undurchdringliches Gesicht.

»Warum wollen Sie denn unbedingt für ihn ins Gefängnis gehen?«

»Weil ich der Täter bin, nicht er.«

»Ich glaube Ihnen einfach nicht. Wenn Sie der Täter wären, würden Sie versuchen, die Schuld auf Ihren Bruder zu schieben. Genau wie ihr Bruder.« Max sah ihn eindringlich an.

»Warum?«

»Weil Sie Zwillinge sind. Zwillinge handeln und denken genau gleich.«

»Wenn Zwillinge genau gleich denken und handeln, würde mein Bruder Ihnen niemals glauben, dass ich ihn beschuldigt hätte. Und deswegen würde er mich auch nicht beschuldigen, selbst wenn ich es gewesen wäre.«

»Herr Schneidinger, Sie dürfen gehen. Ihr Bruder ist der wahre Schuldige.« Max grinste zufrieden und erhob sich von seinem Stuhl.

Wie kam Max darauf, dass es Burkhard war?

10. Rätsel-Krimi

Ganz einfach. Hubert sagte am Schluss: »… selbst wenn ich es gewesen wäre.« Er war es also nicht. Typisch verplappert.

SUPERSTAR STÜRZT AB

»Udo war's. Der hat doch die ganze Zeit nur mit Sharon gestritten.« Die üppig geschminkte, 14-jährige Castingkandidatin Sandy zeigte auf den schmalen Jüngling mit Justin-Bieber-Gesicht, der mit seinem Freund Jason vor der einen Meter hohen Bühne stand und heftig gestikulierend auf ihn einredete.

›Munich Popstar‹ hieß der in allen Gazetten groß angekündigte heutige Gesangswettbewerb im Münchner Löwenbräukeller. Max war hier hineingeraten, weil Anneliese, die beste Freundin seiner Freundin Monika, unbedingt ihrer Nichte Jessika zur Seite stehen wollte. Und da sie keine Lust gehabt hatte, das allein zu tun, hatte sie Max und Monika gebeten mitzukommen.

»Udo war's auf gar keinen Fall. Der würde so was nie tun. Außerdem ist er mit ihr zusammen.« Jessika, die wie Sandy direkt vor Anneliese, Max und Monika stand, widersprach ihrer jungen Mitbewerberin vehement im lauten Kreischton, wie er zurzeit bei vielen jungen Mädchen angesagt war.

»Und vorher war er mit dir zusammen. Hat er mit dir etwa nie gestritten?«

Max spitzte die Ohren und spielte Mäuschen bei der Unterhaltung der beiden aufgedonnerten Teenies, die direkt vor ihm standen.

»Doch, weißt du doch. Vor allem als er mich verlassen hat. Ich glaube aber trotzdem, dass er es nicht war. Eher schon Jason oder sein superehrgeiziger Vater. Oder Aaron.«

»Du liebst ihn immer noch. Stimmt's?«

»Wen? Udo? Blödsinn.« Jessika schüttelte vehement den Kopf.

Was war geschehen? Nachwuchssängerin Sharon, die von der Fachjury als Nummer eins ins Rennen geschickt werden sollte, war kurz vor Beginn der Show vom Saal aus betrachtet im hinteren linken Bereich der Bühne, der von den Zuschauern wegen des geschlossenen Vorhangs jedoch nicht eingesehen werden konnte, hinuntergestürzt. Dabei hatte sie sich das rechte Bein gebrochen und eine mittelschwere Gehirnerschütterung zugezogen. War sie selbst schuld gewesen oder hatte jemand sie absichtlich gestoßen, um eine unliebsame Konkurrentin aus dem Weg zu räumen? Das war die große Frage, die gerade unter den anwesenden Mitstreitern sowie deren Eltern, Fans und Freunden grüppchenweise im ganzen Saal diskutiert wurde.

»Auf jeden Fall ist Sharon so gut, dass annähernd jeder hier sie am liebsten losgeworden wäre. Das hat man doch schon bei den Proben gesehen.« Carola, die in der Gruppe neben Anneliese, Max und Monika stand, sprach aus, was offensichtlich viele um sie herum dachten. Jedenfalls machte sich gleich zustimmendes Gemurmel breit.

»Du meinst also, jeder hier im Saal könnte bei ihrem Sturz nachgeholfen haben?«, erkundigte sich Max unauffällig im Plauderton, während er sich zu ihr umdrehte. Sie musste ja nicht gleich wissen, dass er ein Exkommissar mit Detektivausweis war.

»Na ja. Vielleicht nicht jeder. Aber einige bestimmt.« Carola kam zu ihnen herüber.

»Was war denn bei den Proben los?«

»Sharon war mit Abstand die Beste. Aber gleich danach kamen Udo, Jason und Aaron. Wir anderen haben gegen die vier sowieso keine Chance. Höchstens noch Jessika. Stimmt's nicht, Jessika, Sandy?«

Die beiden Angesprochenen nickten nur stumm.

»Und nur Jason hat so einen ehrgeizigen Vater?« Max richtete seine Frage an alle drei.

»Ja!«, kam die Antwort unisono aus ihren grell bemalten Mündern.

»War der denn vorhin, als es passiert ist, überhaupt auf der Bühne?«

»Der ist sozusagen immerzu auf der Bühne, sobald sein Herzchen Jason sie betritt. Wahrscheinlich darf Jason nicht mal allein aufs Klo gehen.« Sandy nahm den Kaugummi aus dem Mund, den sie die ganze Zeit über zwischen ihren Zähnen hin und her geschoben hatte, und blickte Max mit klimpernden Wimpern an. »Der Junge muss ganz schön unter Druck stehen.«

»Und Aaron und Udo?«

»Wie Aaron und Udo?« Jessika fuhr sich kurz durch die wild hochtoupierten Haare und sah fragend zu Max hinauf.

»Waren die auch auf der Bühne, als es passiert ist?«

»Logisch, wir alle waren zu dem Zeitpunkt da oben. Der Veranstalter hat uns den Ablauf der Show noch mal erklärt. Dazu mussten wir uns alle hinten auf der Bühne vor ihm aufstellen. Hast du das nicht mitgekriegt?«

»Ehrlich gesagt, nein. Ich war mir gerade ein Bier holen, als eure Mitstreiterin abgestürzt ist.« Max hob zum Beweis seinen halbgefüllten Pappbecher in die Höhe. »Außerdem hat man hier unten sowieso nichts gesehen, weil der Vorhang geschlossen war. Wer stand denn am nächsten bei Sharon?«

»Jasons Vater, Jason und Udo«, meldete sich Carola erneut zu Wort. »Und dann kamen gleich wir und Aaron. Wir standen hinter den Dreien fast an der hinteren Bühnenwand. Jessika rechts von mir und Sandy links. Sharon befand sich schräg vor uns direkt am Bühnenrand bei den Jungs. Oder Mädels?«

»Ja.« Jessika und Sandy nickten.

»Und ihr habt wirklich nicht gesehen, wer von den Jungs es war? Oder ob es der Vater war?«

»Nein.« Carola blickte ihm fest ins Gesicht.

»War es etwa eine von euch?«

»So ein Schmarrn. Warum hätten wir das denn tun sollen?« Carola machte große Augen und wurde rot.

»Neid?«

»Schmarrn. Wir hatten doch sowieso keine Chance gegen sie. Wie hätten wir da neidisch sein können?« Carola schüttelte entschieden den Kopf. Sandy und Jessika schlossen sich ihr an.

Max drehte sich um und wandte sich an Anneliese, die gerade mit Monika die neuesten Schuhmodelle in der Innenstadt durchsprach. »Annie, du solltest unbedingt einmal ein sehr ernstes Wort mit deiner Nichte reden.« Er trank nachdenklich einen Schluck Bier aus seinem Pappbecher.

Woraus schloss Max, dass Jessika Sharon geschubst haben musste?

Lösung: 11. Rätsel-Krimi

Jessika verteidigte Udo und beschuldigte sogleich Jason, Jasons Vater und Aaron der Tat. Einmal bestimmt deswegen, um von sich selbst abzulenken. Aber sie scheint Udo auch immer noch zu lieben. Außerdem war Jessika laut Carola zusammen mit Aaron, Jason und Udo die einzig ernsthafte Konkurrentin auf der Bühne für Sharon. Sie hatte demnach als Einzige im Saal gleich zwei gewichtige Gründe für ihre Tat. Des Weiteren stand sie mit Carola und Sandy hinter Jason, Jasons Vater, Udo und Aaron und damit gleichzeitig schräg hinter Sharon. Da es vom Publikum aus gesehen der linke Bühnenrand war und sie aus der Sicht von Carola rechts von den beiden anderen Mädchen hinter Sharon und den Jungs ebenfalls in der Nähe des hinteren Bühnenrandes gestanden hatte, war sie am nächsten an Sharon dran. Sie muss sie gestoßen haben.

MORD AUF DEM CHIEMSEE

»Sag mal, wo ist eigentlich Katarina hin? Als wir vorhin hier raufgekommen sind, war ihre Koje leer.« Monika erhob träge den Kopf von ihrem Sonnenplatz auf dem Vordeck und blickte Max, der direkt neben ihr auf seinem riesigen mit bunten Vögeln bedruckten Badetuch lag, fragend an. »Ist sie etwa an Land geschwommen, um Semmeln zu holen?«, fuhr sie fort.

Katarina war eine alte Schulfreundin von Monika. Genau wie Max und Monika hatte sie sich von Max' reichem Freund Josef Stirner zu einem Segelwochenende am Chiemsee auf dessen Luxusjacht überreden lassen. Seit gestern Abend mit von der Partie waren des Weiteren ihre Bekannten aus dem Chiemgau, Georg Huber samt Frau Sigrid, Sabrina Mieslinger samt Freundin Susi Losreiter und Walter Kuppelko, mit dem Katarina seit ein paar Wochen eine Beziehung pflegte. Es war noch früh am Sonntagmorgen, aber bereits angenehm warm. Im Moment herrschte Flaute. Max und Monika hatten sich vorhin leise an Deck geschlichen, damit sie die anderen nicht weckten.

»Keine Ahnung«, erwiderte er. »Vielleicht liegt sie bei Walter im Bett.«

»Nein. Der hat allein vor sich hin geschnarcht. Das habe ich genau gesehen, als ich an seiner Koje vorbeikam.« Sie setzte sich auf und sah nach, ob sie Katarinas Kopf irgendwo auf der riesigen, silbrig glänzenden Wasserfläche um sie herum entdecken konnte. »Schon komisch, oder?«

»Stimmt. Aber sicher gibt es eine ganz logische Erklärung für ihr Verschwinden.« Max setzte sich ebenfalls auf. »Ist das Beiboot eigentlich noch da?«

»Keine Ahnung.« Sie zuckte die Achseln.

»Ich geh mal nachschauen.« Er stand auf und tappte barfuß zum Heck, um nach dem Dingi zu schauen.

Nach drei Minuten kam er zurück. »Ich habe die Polizei gerufen, Moni. Katarina liegt im Dingi. Sie ist mausetot«, presste er zwischen seinen Lippen, die im Moment mehr an einen Strich als an alles andere erinnerten, hervor.

»Ja, klar, Max. Ich lach mich tot. Der erste April ist lang vorbei«, erwiderte sie und schüttelte ihren Lockenkopf über den schwarzen Humor ihres Freundes. »Man könnte wirklich meinen, du wärst kein Münchner, sondern ein Wiener oder Engländer.«

»Es ist kein Spaß.« Er rührte sich nicht. Blickte sie nur lange mit regloser Miene an.

»Wa... was? Wirklich? Katarina ist tot? Aber das geht doch nicht. Das geht ganz und gar nicht.« Sie sah ungläubig zu ihm hinauf, während sie langsam den Kopf schüttelte. Tränen schossen ihr in die Augen.

»Ich kann es auch nicht glauben. Sie hat eine Stichwunde am Hals. Jemand hat sie anscheinend letzte Nacht erstochen. Es ist eine lange Wunde. Die Klinge muss also breit gewesen sein, wie zum Beispiel bei einem Tauchermesser.«

»Wir müssen die anderen heraufholen. Stimmt's?«

»Stimmt. Ich mache das. Man muss ihnen schließlich sagen, dass sie tot ist. Bleib du bitte hier. Es gibt da hinten sowieso nichts zu sehen. Ich habe eine Decke über sie gelegt.« Er strich ihr zärtlich über die Wange.

»Okay, ich warte hier auf euch.« Monika schniefte und legte die Arme um ihre Knie.

Nachdem sich eine Viertelstunde später alle auf dem Vordeck eingefunden hatten, brach Max die erwartungsvolle Stille.

»Also Leute. Ich habe euch an Deck geholt, um euch etwas Wichtiges und Trauriges mitzuteilen.« Er blickte ernst in die Gesichter um sich. »Katarina ist tot.«

»Was? Das ist nicht dein Ernst, Max?« Susi sah ihn mit großen Augen an.

»Ist das ein schlechter Witz?« Sabrina reagierte ähnlich wie Monika vorhin. Auch sie konnte offenbar beim besten Willen nicht glauben, was sie gerade gehört hatte.

»Hör schon auf, Max. Willst du uns mit deinen rauen Scherzen das Wochenende versauen?« Georg wedelte ärgerlich mit den Händen durch die milde Morgenluft. »Katarina kann gar nicht tot sein. Sie war doch gestern Abend noch hier. Außerdem, wer sollte so etwas tun?«

»Keine Ahnung.« Max fuhr nachdenklich über den Dreitagebart in seinem Gesicht. »Vielleicht ein Fremder, der sich an Bord geschlichen hat. Jemand, den wir gar nicht kennen.«

»Schwimmend oder was?« Georg schüttelte nur den Kopf.

»Verdammt, und ich habe ihr noch gesagt, sie soll nie allein in dieses Dingi steigen.« Walters Augen füllten sich mit Tränen.

»Ja, um Himmels willen. Das ist ja ganz schrecklich.« Die platinblonde Sigrid riss entsetzt Augen und Mund auf. »Wie wurde sie denn umgebracht, Max?«

»Erstochen, mit einem großen Messer, so wie es aussieht. Könnte ein Tauchermesser gewesen sein. Aber genau weiß ich es nicht. Das kann nur der Polizeiarzt sagen. Oder der Gerichtsmediziner.«

»Was, ein Tauchermesser, sagst du?« Josef hob seinen Kopf und blickte mit großen Augen auf. »Seltsam, ich habe meins gestern den ganzen Nachmittag lang gesucht, aber es war wie vom Erdboden verschwunden.«

»Ich habe gestern so ein Messer in der Kombüse herumliegen gesehen. Neben der Spüle.« Georg richtete sich auf und sah Max geradewegs in die Augen.

»Aha. Interessant. Wer hatte denn gestern Kombüsendienst?«

»Ich«, meldete sich Sigrid. »Komisch, mir ist aber gar kein Tauchermesser aufgefallen.«

»Mir auch nicht. Und ich hab mir zweimal ein Brot gemacht und den Teller danach wieder abgespült.« Susi nickte heftig.

»Aber ich lüge doch nicht. Es lag hinter der Spüle.« Georg schaute ernst von einem zum anderen. Dann blieb sein Blick erneut an Max hängen. »Glaubst du etwa, dass es einer von uns war, Max?«

»Ja, das glaube ich. Und ich weiß auch schon wer.«

Wissen Sie es auch?

Lösung: 12. Rätsel-Krimi

Walter war es. Max hatte allen auf dem Vordeck erzählt, dass Katarina tot war. Davon, dass sie im Dingi lag, hatte er aber kein Wort gesagt. Auch konnte sie keiner dort liegen gesehen haben, da Max eine Decke über sie gebreitet hatte. Nur der Mörder konnte wissen, wo sich die Leiche befand.

WER KRITISIERT, STIRBT

»Stell dir vor, Moni. Sie haben den Brinkmeier erschlagen!«, rief Max, der gerade den Lokalteil der Tageszeitung durchschmökerte, von Monikas Küchentisch aus ins Badezimmer hinüber. »Vermutlich mit einem Baseballschläger.«

»Was?«, tönte es noch lauter von seiner Freundin unter der Dusche zurück.

»Der Brinkmeier! Sie haben ihn umgebracht!«

»Wer ist denn dieser Brinkmeier?«

»War, Moni, war. Du weißt schon, dieser Journalist bei der Tageszeitung, der zuletzt immer die Film- und Fernsehverrisse schrieb.« Max schüttelte den Kopf. Wer tat denn so etwas? Etwa ein Opfer von Brinkmeiers manchmal doch reichlich gnadenloser Art, seine Kritik zu äußern?

Max hatte den gefürchteten schlanken Zeitungsmenschen mit der dicken Hornbrille einmal in der Rockbühne in Schwabing ganz anders kennengelernt. Brinkmeier hatte damals Musikkritiken über lokale Bands geschrieben und Max und seine damalige Truppe in einem Artikel sehr gut aussehen lassen. Der ganze Haufen war mehr als happy darüber gewesen. Als Max und sein Bassist Lenny ihrem verbalen Gönner dann ein paar Tage später in einem

Klub seitlich der Leopoldstraße begegnet waren, hatten sie ihm aus Dankbarkeit ein paar Drinks ausgegeben und sich bestens mit ihm amüsiert.

»Ich weiß immer noch nicht, von wem du redest.« Monika streckte ihren nassen Lockenkopf zur Badezimmertür heraus.

»Doch weißt du schon. Der Typ, der damals nach unserem Auftritt mit der Band in der Rockbühne diesen sensationellen Artikel über uns geschrieben hat.« Max zog genervt die Brauen hoch, während er die Zeitung zusammenfaltete und zur Seite legte, um sich eine Marmeladensemmel zu machen. Herrschaftszeiten, manchmal stand sie aber wirklich sauber auf dem Schlauch, dachte er.

»Ach, der, richtig. Jetzt erinnere ich mich wieder an ihn.« Sie blickte nachdenklich drein. »Und den haben sie umgebracht, sagst du? Wer macht denn so was?«

»Das wüsste ich auch gerne.« Er schaufelte einen Esslöffel Erdbeermarmelade nach dem anderen auf die untere Hälfte seiner Semmel, die er zuvor sorgfältig mit einem guten Viertelpfund Butter bekleistert hatte. »Bei seinen boshaften Kritiken könnte ich mir aber gut vorstellen, dass sich eines seiner Opfer an ihm gerächt hat.«

»So? Meinst du? Wer denn zum Beispiel?« Sie rubbelte sich mit einem Handtuch den Kopf trocken.

»Spontan fallen mir da drei Kandidaten ein. Alle drei hätten guten Grund, es getan zu haben.«

»Die da wären?« Sie lugte neugierig unter ihrer Haarpracht hervor.

»Richard Freigang, der Autor dieser neuen Krimiserie im Ersten. Den hat er wirklich gnadenlos niedergemacht. ›Selten uninspirierter Mist‹, ›so schlecht noch nie da gewesen‹ und so weiter.«

»Aber das muss ein Autor doch aushalten, sonst braucht er gar nicht an die Öffentlichkeit zu gehen.« Sie schüttelte verwundert den Kopf.

»Alles hat Grenzen, Moni. Und die sind subjektiv.« Er hob den Zeigefinger wie ein Oberlehrer. »Alle Künstler sind sensibel. Und dieser Freigang ist darüber hinaus ein stadtbekannter Choleriker. Er hat schon zwei Politessen verdroschen, als sie ihm Knöllchen an die Windschutzscheibe heften wollten.«

»Aha. Na, du musst es ja wissen. Und wer kommt noch infrage?«

»Bernd Träger. Der Moderator von diesem albernen Ratespiel im Privatfernsehen. Ein Macho vor dem Herren. Kommt ursprünglich aus den USA. Hat dort, bevor er damit begann, Shows und Events zu moderieren, die einheimischen Sportarten betrieben. Brinkmeier hat ihn einmal ›die schlimmste Heimsuchung seit dem Dritten Reich‹ genannt. Er macht seinen Sport auch hier immer noch, heißt es.«

»Also, dieser Brinkmeier. Nett ist was anderes.«

»Allerdings. Obwohl Träger wirklich unerträglich schlecht ist. Wortspiel, gemerkt?« Max grinste.

»Ja, sehr lustig.« Monika blickte leicht genervt drein. »Sei froh dass Brinkmeier tot ist. Ich weiß nicht, was er geschrieben hätte, wenn er dich gerade gehört hätte.«

»Auf jeden Fall ist Träger dem Vernehmen nach zweimal bei Brinkmeier zu Hause aufgeschlagen und hat ihn vor seiner Familie zur Sau gemacht. Hat ihm aber auch nichts genützt. Der Artikel über ihn wurde nicht zurückgenommen.«

»Auch kein Argument dafür, dass er ihn umgebracht haben soll. Ich wusste gar nicht, dass es bei den Medien so grantig zugeht.«

»Ja, mei. Man lernt jeden Tag etwas dazu, Moni. Aber der Dritte im Bunde ist auch nicht schlecht. Torsten Walfang. Ein riesiger Kleiderschrank, seines Zeichens Radiomoderator aus Norddeutschland. Er hat Brinkmeier einmal mit einem Eimer roter Farbe übergossen, nachdem dieser ihn ›die dümmste Labertasche aller Zeiten und Orte‹ genannt hatte.«

»Na gut. Aber begeht man deswegen gleich einen Mord?«

»Ja, Moni. Das tut man sogar schon aus weitaus geringeren Gründen. Neulich zum Beispiel hat ein Rentner seine 80-jährige Frau erschlagen, weil das Frühstücksei zu hart war.«

»Gibt es nicht!«

»Gibt es doch.« Max nickte. »Und Walfang hat, wie man hört, auch sehr gute Verbindungen zur Münchner Unterwelt. Vielleicht hat ja irgendein Russe oder Albaner die Sache für ihn erledigt. Die machen das für ein paar Euro. Klingt doch logisch, oder?«

»Keine Ahnung, Max.«

»Was meinst du? Wer war es?« Max blickte neugierig zu ihr hinüber.

»Und was meinst du?«

»Also, der reinen Logik nach und allem, was wir bisher wissen, kann es eigentlich nur einer gewesen sein.«

Wer mag das wohl sein? Denken Sie nach, dann kommen Sie drauf.

Lösung: 13. Rätsel-Krimi

›Der reinen Logik nach und allem was wir bisher wissen‹ konnte es nur Träger gewesen sein. Da er bereits in den USA die einheimischen Sportarten betrieben hatte, zu denen auch Baseball gehört. Also war anzunehmen, dass er, falls er, wie Max gemeint hatte, wirklich auch hier ›seinen Sport immer noch machte‹, einen Baseballschläger, die vermutliche Tatwaffe, zu Hause hatte.

PANIK IN HELLABRUNN

»Um Himmels willen!«

»Das ist ja schrecklich!«

»Warum ruft denn niemand die Polizei?«

»Hilfe! Tu doch endlich jemand was!«

»Was ist denn passiert?« Max näherte sich den vier aufgeregt gestikulierenden, ungefähr 30- bis 40-jährigen Latte-Macchiato-Müttern, die sich mit ihren teuren Designerkinderwagen vor dem offenstehenden Eingang des Streichelgeheges versammelt hatten.

Wahrscheinlich kamen sie aus dem Glockenbachviertel, dachte er. Da liefen sie doch alle so rum, die Neureichen und diejenigen, die es werden wollten.

»Die Tiere aus dem Gehege sind geflohen. Sind einfach wie der Wind über die Stolperfallen am Eingang gesprungen, und nun fängt sie niemand wieder ein«, beschwerte sich eine Blondine mit dezent gefärbten Strähnen. Sie steckte passend zum herrlichen Wetter in einem blauen Sommerkleid von Escada. An den Füßen trug sie cremefarbene Ballerinas, im Farbton passend zu dem Stoffrucksack auf ihrem Rücken. Während sie sprach, legte sie schützend die Hände auf die Schultern ihrer blonden Tochter, die in Jeans und rosa T-Shirt vor ihr stand und mit großen blauen Augen zu Max hinaufstrahlte.

»Papa!«, rief sie und streckte begeistert ihre Hand nach ihm aus.

»Nein, das ist nicht der Papa, Julia-Häschen. Sei froh, sonst würdest du jetzt aber was zu hören bekommen.«

»Wieso? Darf sie etwa nicht mit Männern reden?«, erkundigte sich Max leicht verblüfft.

»Nein, nein. Alles okay.« Die Blondine winkte ab. »Das ist nur eine Sache zwischen uns beiden. Stimmt's, Julia-Häschen?«

»Papa«, rief Julia-Häschen ihre Mutter ignorierend, während sie jetzt beide Hände nach Max ausstreckte. »Julia, Katze weg«, fügte sie noch hinzu und zeigte auf das leere Streichelgehege.

»Genau, Julia-Häschen. Da waren die lieben Schafe und Ziegen vorhin noch drin. Und jetzt sind sie weg. Und deine kleine Stoffkatze auch, aber die finden wir schon wieder.« Julia-Häschens blonde Mutter grinste Max mit hochgezogenen Brauen an.

»Und wer hat die Tiere herausgelassen? War ein Wärter da und hat vergessen, das Tor wieder zu zumachen?« Max blickte irritiert von einer zur anderen. Sie waren alle hübsch, zweifellos. Genau wie ihre Kinder. Aber reichlich verängstigt schienen sie im Moment obendrein zu sein. Wahrscheinlich wegen ihrer lieben Kleinen, dachte Max. Sie hätten alle totgetrampelt werden können.

»Wärter haben wir keinen gesehen. Und ich war es auf jeden Fall nicht«, meinte eine klein gewachsene, ausgesprochen schlanke Brünette mit einem Button an der Brust, auf dem ›Nein zu Tierversuchen‹ stand. »Obwohl ich diese eingesperrten Tiere, wenn ich ehrlich bin, eigentlich gar nicht sehen kann. Ich finde das schrecklich.« Sie schüttelte heftig den Kopf, während sie ihrem Kind im Kinderwagen die Flasche gab. »Aber ich würde nie etwas Ungesetzliches tun und sie zum Beispiel freilassen. Dazu hätte ich gar nicht die Nerven.«

»Ich auch nicht«, sagte eine Rothaarige, die gleich links neben Max vor einem Kinderwagen für Zwillinge stand. »Außerdem liebe ich die Tiere hier im Zoo von klein auf und komme gerne her. Und meine Katarina-Sofia hier und der Julian-Diethard sind noch viel zu klein. Sie können noch nicht einmal richtig laufen, geschweige denn so eine schwere Tür öffnen.« Sie deutete mit dem Kinn auf die beiden sommersprossigen Rotschöpfe unter sich im Kinderwagen, die gemütlich in ihren Polstern unter weißen Schirmmützen hervorlugten.

»Mein lieber Vinzenz ist auch zu klein«, versicherte die Letzte im Bunde, eine dralle Blondine mit einer enormen Oberweite, während sie zu ihrem Sohn hinunterlächelte, der rechts neben ihr stand und sich ängstlich dreinblickend an ihrer Hand festklammerte.

Offenbar blieb ihm die Aufregung der Erwachsenen nicht verborgen.

Oder hatte er etwa geschimpft bekommen, weil er derjenige welcher gewesen war?

»Aber irgendwer muss das Gatter doch geöffnet oder offengelassen haben. Wo sind die Tiere denn hin?« Max kratzte sich nachdenklich am Kopf. »Haben sie die Polizei oder einen Verantwortlichen vom Tierpark gerufen?«

»Nein, wir haben erst einmal um Hilfe gerufen und gleich darauf sind Sie ums Eck gebogen«, meinte die dralle Blondine.

»Wo die Tiere hin sind, wissen wir nicht. Sie rannten da vorn aus der Käfigtür und waren blitzschnell da drüben im Wald verschwunden.« Die Rothaarige zeigte auf das nach wie vor offenstehende Gattertor und gleich darauf auf das Wäldchen, das sich seitlich davon bis zur Tierparkumzäunung hin erstreckte.

»Na gut. Aber die werden das Tor sicher nicht selbst geöffnet haben. Also kann es nur eine von Ihnen gewesen sein. Oder eins Ihrer Kinder.«

»Unverschämtheit. Wer sind Sie eigentlich, dass Sie hier wildfremde Leute beschuldigen? Verschwinden Sie doch am besten einfach wieder!« Julia-Häschens Mutter warf echauffiert den Kopf nach hinten.

»Genau. Gehen Sie doch einfach weiter«, rief die Rothaarige. »Niemand hat Sie gerufen.«

»Das ist so nicht ganz richtig, dass ich einfach wildfremde Leute beschuldige. Sie haben gerade alle vier um Hilfe gerufen.« Max hob belehrend den Zeigefinger.

»Genau, nach Hilfe haben wir gerufen. Aber nicht danach, dass irgendein eingebildeter Altplayboy daherkommt und uns oder unsere Kinder vorsätzlich beschuldigt.« Die Brünette mit dem Sticker gegen Tierversuche an der Brust verschränkte grantig die Arme vor derselben.

»Ach, hören Sie doch schon auf, meine Damen. Sie wissen doch genauso gut wie ich, wer es war. Es kann ja nur Julia-Häschen gewesen sein.« Max schüttelte den Kopf und winkte ab.

Wie kam Max darauf, dass es Julia-Häschen gewesen sein musste?

Lösung: 14. Rätsel-Krimi

Julia hatte nach ihrer Stoffkatze gesucht, die sie im Streichelgehege verloren haben musste. Also war sie wohl hineingegangen und hatte vergessen, die Tür wieder zu schließen. Die Mütter waren wohl bereits draußen und hatten von all dem nichts bemerkt. Außerdem war sie als einziges Kind groß genug, um das Tor zu öffnen. Zu guter Letzt verrät Julia selbst, was sie getan hatte: »Julia, Katze weg.«

FENSTERSTURZ BEIM TV

Die vollständige Abteilung Text und Bildgestaltung hatte sich im spärlich aber exklusiv möblierten Konferenzraum versammelt. Exkommissar Max Raintaler, der gemeinsam mit seinem alten Freund und Exkollegen Franz Wurmdobler an der Stirnseite des riesigen Tisches stand, blickte immer wieder kopfschüttelnd auf die zehn jungen Mitarbeiter des privaten Fernsehsenders aus dem Münchner Norden. Es hatte einen Selbstmord oder vielleicht sogar einen Mord gegeben. Der ursprünglich Elfte aus ihren Reihen, Markus Pechstein, stellvertretender Leiter der Abteilung, war vor circa einer Stunde vom Küchenfenster aus drei Stockwerke unter ihnen auf den Beton geknallt und an seinen schweren Kopfverletzungen gestorben. Aber niemanden hier schien das ansatzweise zu interessieren. Was waren das nur für Menschen? Zombies?

Max ergriff erneut das Wort. »Herrschaften, auf geht's. Ich möchte jetzt endlich ein paar Antworten hören. Hatte Herr Pechstein Depressionen? Oder war er irgendwie sonst verzweifelt? Familiäre Probleme?«

Nichts als desinteressiertes Schulterzucken.

»Kannte irgendwer von Ihnen den Toten näher?«

Erneutes Schulterzucken, gefolgt von albernem Gekicher wie in der Schule.

»So geht das nicht, Franzi«, wandte sich Max mit gesenkter Stimme an seinen kugelrunden kleinen Freund, der ihn vorhin zufällig vor dem Gebäude getroffen und zum Mitkommen aufgefordert hatte. »Denen scheint der Tod ihres Vorgesetzten scheißegal zu sein.«

»Da kann man mal sehen, wie wenig beliebt Vorgesetzte heutzutage sind«, kam die trockene Antwort des Hauptkommissars. »Sollen wir sie lieber einzeln befragen?«

»Später, Franzi. Mich reizt das gerade regelrecht. Die machen schon noch ihren Mund auf. Wart's ab. Man muss das nur richtig anpacken.« Max wandte sich wieder den Angestellten zu, die inzwischen untereinander tuschelten. »Sie wissen schon, dass wir Sie alle aufs Revier laden können. Und vielleicht müssen wir den einen oder anderen von Ihnen auch dort behalten. Also, wollen Sie nicht lieber gleich hier mit uns reden?« Er verschränkte die Arme vor der Brust und schaute abwartend in die Runde.

»Es ist nicht so, dass wir nicht mit Ihnen reden wollen, Herr Raintaler.« Ein schmales blasses Bürschchen mit weißer Designerbrille und kurz geschorenen dunklen Haaren erhob unvermittelt die Stimme.

»Sondern, Herr …?«

»Blond. Stefan Blond. Aber nicht 007.«

Die versammelte Crew platzte laut los vor Lachen.

Herrschaftszeiten, wie im Kindergarten, dachte Max. »So, Herr Blond mit den dunklen Haaren, dann sagen Sie mir doch mal, was es sonst ist.«

»Na ja.« Der Spaßvogel zögerte. »Niemand von uns mochte Markus. Jeder hätte mindestens zehn triftige Gründe gehabt, ihn hinunterzuschubsen.«

»Genau. Bis zuletzt hat er herumgetönt, dass er eines Tages der Leiter der Abteilung sein würde«, mischte sich der zweite stellvertretende Leiter der Abteilung neben Markus Pechstein, der sportliche Gernot Reinstein, ins Gespräch. »Erst als er da unten lag, war endlich Ruhe.«

»Er war wirklich eine tierische Nervensäge.« Stefan Blond nickte zustimmend.

»Und weiter, Herr Blond?« Max sah ihn interessiert an.

»Wir haben halt Angst, dass Sie glauben, wir hätten etwas mit Markus' Tod zu tun«, antwortete eine Blondine mit Nasenring und schwarzem Lippenstift, ehe Stefan den Mund zu einer Erwiderung öffnen konnte.

»Aber warum denn das? Wir wissen doch noch gar nicht, was passiert ist. Vielleicht ist er von selbst gesprungen. Wie heißen Sie eigentlich?« Max stemmte die Hände in die Hüften.

»Sabrina Duftinger.« Sie legte den Kopf schief. »Ich war mal mit Markus liiert.«

Na also, langsam kam die Sache doch noch ins Rollen.

»Und warum sind Sie es nicht mehr?«

»Er hat genervt.«

»Na klar, was sonst?« Trotz der ernsten Lage musste Max innerlich grinsen. »Hat irgendjemand von Ihnen Herrn Pechstein am Küchenfenster stehen sehen?«

»Als ich mir vorhin einen Kaffee geholt habe, hat er sich gerade dort mit Monika Leinmeier, unserer obersten Chefin unterhalten.« Georg Preußer hob seine rechte Hand mit dem Kugelschreiber zwischen den Fingern.

»Haben die beiden gestritten?«

»Sie sollten lieber fragen, wann die beiden ausnahmsweise einmal nicht gestritten haben«, platzte der rothaarige Bernd Dauzenberger mit den hellbraunen Bast-Flip-Flops an den Füßen heraus. »Markus hat Monika andauernd genervt, wie jeden anderen von uns.«

Zustimmendes Gemurmel.

»Sie hat mir neulich erzählt, dass er ihr sogar gedroht habe, sie wegen einer bestimmten Sache bei der Geschäftsleitung hinzuhängen.« Die kleine unscheinbare Karin Beckmesser schaute ernst drein.

»Und deswegen hat sie ihn aus dem Fenster geschubst.« Franz wollte auch einmal etwas sagen. Nicht dass man hier am Ende noch vergaß, wer eigentlich die Ermittlungen leitete.

»Monika? Das ich nicht lache. Die ist doch viel zu klein.« Gernot lachte laut auf. »Das hätte die doch nie geschafft.«

»Genau«, stimmte ihm Stefan Blond zu. »Wie hätte die ihn denn so weit hochheben sollen? Er war doch viel zu schwer.«

»Na gut, Herrschaften. Ich meine, genug gehört zu haben. Mein Verdächtiger steht fest.« Max ließ seinen schönsten Exkommissarblick über die Köpfe der Anwesenden schweifen.

Steht Ihr Verdächtiger auch fest?

Lösung: 15. Rätsel-Krimi

Gernot Reinstein war's. Er legt ja fast ein Geständnis ab. Zitat: ›»Genau. Bis zuletzt hat er genervt und herumgetönt, dass ihm eines Tages der ganze Sender gehören würde«, mischte sich Gernot Reinstein ins Gespräch. »Erst als er da unten lag, war endlich Ruhe.«‹ Wer außer dem Mörder könnte schon so genau wissen, dass Markus Pechstein ›bis zuletzt genervt‹ hatte? Und wer, dass endlich Ruhe war, als ›er da unten lag‹? Außerdem war Gernot sportlich und hatte somit sicher genug Kraft die Tat auszuführen.

HANDTASCHENKLAU VOR DEM RATHAUS

»Also, Leute. Wer von euch hat die Handtasche der Dame gestohlen?« Exkommissar Max Raintaler zeigte auf die mollige Isolde Reinhard im braunen Sommerkostüm, die tränenüberströmt am Fischbrunnen vor dem Münchner Rathaus auf dem Marienplatz stand und nicht mehr ein noch aus wusste. »Wenn ihr sie gleich zurückgebt, passiert euch nichts.«

»Wir haben die Handtasche aber nicht«, meldete sich ein blonder sommersprossiger Junge mit Skateboard unter dem Arm zu Wort.

»Natürlich habt ihr sie. Ihr seid doch die ganze Zeit über um mich herumgetanzt und habt euren Unsinn getrieben.« Isolde putzte sich die Nase. »Als ich sie dann kurz auf dem Boden abgestellt habe, hat sie einer von euch genommen. Ganz bestimmt. Wer soll es denn sonst gewesen sein? Dann seid ihr mit ihr verschwunden. Und jetzt ist sie weg. Oh, mein Gott! Mein Ausweis, meine Bankkarte, mein Geld, mein neuer Lippenstift. Alles war drin.« Sie schluchzte hemmungslos.

»Aber wir haben sie wirklich nicht.« Das Mädchen mit den langen aschblonden Locken, das im hautengen Minikleid direkt vor Max stand, schüttelte vehement den Kopf. »Sie dürfen uns auch gerne durchsuchen.« Sie spreizte die Arme vom Oberkörper weg.

»So weit kommt's noch. Und dann habe ich eine Anzeige wegen sexueller Belästigung am Hals. Nix da.« Max verdrehte die Augen. Herrschaftszeiten, warum musste er nur immerzu in irgendeinen blöden Schmarrn hineingeraten? Dabei wollte ich mir doch bloß in aller Ruhe ein paar Socken im Kaufhof besorgen. Und jetzt stecke ich schon wieder mittendrin in so einer halb kriminellen Geschichte. »Ihr bringt die Handtasche wieder her und basta!«, fügte er im strengsten Exkommissartonfall hinzu.

»Genau, gebt mir meine Tasche wieder.« Isolde schnäuzte sich erneut. »Ihr seid so gemein!«

»Aber Frau Reinhard irrt sich ganz bestimmt. Keiner von uns hat ihre Handtasche gestohlen. Sie wird sie irgendwo stehen gelassen haben. Warum glauben Sie uns denn nicht?« Eine junge dunkelhaarige Schönheit mit den großen braunen Augen machte ein ärgerliches Gesicht.

»Wenn Sie wollen, helfen wir Ihnen gerne suchen. Oder Leute?« Der groß gewachsene Bursche mit der Kurzhaarfrisur an ihrer anderen Seite blickte fragend in die Runde.

»Logisch«, brummte ein kleiner dicker Junge in kurzen Hosen wenig begeistert.

»Machen wir«, kam es vom aschblonden Lockenköpfchen.

»Ich bin dabei«, meinte auch der Junge mit dem

Skateboard. »Aber dass wir sie finden, glaube ich nicht. Hier gibt es jede Menge professionelle Taschendiebe, meint mein Vater.«

»Ach, wirklich? Das habe ich gar nicht gewusst. Herrje, da arbeitet man fast 20 Jahre lang bei der Kripo und so wichtige Erkenntnisse entgehen einem glatt.« Max wurde das Ganze hier langsam zu dumm.

»Kann jedem mal passieren«, krähte das aschblonde Lockenköpfchen. »Meiner Mutter wurde hier auch schon mal die Handtasche geklaut. Und sie hat sie nie wiederbekommen.«

»Mein Vater sagt immer, man muss auf seine Sachen gut aufpassen, dann passiert einem so etwas nicht.« Der kleine dicke Junge grinste. Dort wo seine Schneidezähne sein sollten, klaffte eine riesige Lücke.

»Wieso seid ihr eigentlich verschwunden, nachdem die Dame ihre Handtasche vermisste?« Max blickte wie ein strenger Schulmeister auf sie hinunter.

»Das war reiner Zufall. Wir wollten uns bloß ein leckeres Eis bei der superguten Eisdiele im Tal holen. Nachdem wir es aufgegessen hatten, sind wir wieder hier gewesen.« Der Große mit der Kurzhaarfrisur übernahm die Rolle des Wortführers. So wie es aussah, war er der Boss der Clique.

»Wozu?« Max fixierte ihn und verzog dabei keine Miene.

»Wozu was?« Der Große schien ratlos. Er kratzte sich ausgiebig am Hinterkopf.

»Wozu seid ihr hergekommen? Was macht ihr überhaupt hier? Wo wohnt ihr?«

»Na ja. Wir sind aus Haidhausen und wollten hier ein paar Schulfreunde treffen. Shoppen gehen und so. Aber die sind immer noch nicht da.«

»Schulfreunde treffen? Mittags um halb eins? Habt ihr Ferien?«

»Nein, Mann. Wir haben heute Hitzefrei bekommen.«

»Was? Ihr wollt mich wohl verkohlen. Es hat vielleicht gerade mal 23 Grad.«

»Aber wir haben echt Hitzefrei bekommen. Es stimmt. Außerdem geht Sie das gar nichts an, was wir hier machen. Das ist ein freies Land und wir sind freie Bürger.« Die dunkelhaarige Schönheit mit den großen braunen Augen schien das Grundgesetz zu kennen.

»Unglaublich«, entgegnete ihr Max. »Bis drei zählen könnt ihr allesamt noch nicht, aber eure Rechte kennt ihr offenbar ganz genau. Herrschaftszeiten aber auch. Dabei setze ich mich sonst immer für die Jugend von heute ein. Aber ihr habt das wirklich nicht verdient.« Max schüttelte den Kopf und blickte kurz zum Glockenspiel hinauf, ganz so als wären die Tatsachen zur Aufklärung der Geschichte da oben zu finden.

»Und warum nicht, wenn man fragen darf?«, erkundigte sich der Große mit der Kurzhaarfrisur etwas kleinlauter.

»Weil ihr lügt wie gedruckt. Ihr habt die Handtasche gestohlen und ich kann es sogar beweisen.«

Können Sie das auch?

Lösung: 16. Rätsel-Krimi

Die junge dunkelhaarige Schönheit mit den großen braunen Augen verriet die Gruppe. Sie sagte: »Aber Frau Reinhard irrt sich ganz bestimmt.« Niemand hatte bis dahin den Namen von Isolde Reinhard erwähnt. Das Mädchen konnte ihn nur Isoldes Papieren entnommen haben.

DAS LEHRER-SEIN KANN TÖDLICH SEIN

»Um Gottes willen! Der arme Herr Direktor. Wer hat das bloß mit ihm gemacht?« Die aus Norddeutschland stammende Lehramtsanwärterin Sabine Trotzke starrte wie der größte Teil des restlichen Kollegiums fassungslos auf den an einem bunten Bergsteigerseil im Föhnsturm hin und her schwingenden übergewichtigen Leichnam des Schuldirektors Bertram Sonnhaber.

Das eine Ende des Seils war um einen kräftigen Ast gleich über seinem Kopf gewickelt, das andere hatte er um den Hals. Seine Füße befanden sich gut einen Meter oberhalb des Rasens, seine Zunge hing blau und dick aufgequollen seitlich zum Mund heraus. Vor ihm lag ein umgekippter Hocker.

»Raus hier Kinder, das ist nichts für euch!« Marion Sattenbacher scheuchte die neugierigen Kleinen, die durch das Gartentor drängten, wieder hinaus.

»So gefährlich lebt man also als Lehrer!« Exkommissar und Frauenliebling Max Raintaler war auf Einladung von Gertraud Hohner, einer guten Freundin seiner Freundin Monika, hergekommen, um sich den neu angelegten Schulgarten anzusehen. Bei der Gelegenheit wollte sie ihn zu Kaffee und Kuchen einladen. Schließlich hatten er und sein Freund Josef

Stirner eine nicht ganz unbeträchtliche Summe dafür gespendet. Natürlich hatte sich Max seinen Besuch anders vorgestellt. Aber egal. Jetzt wo das Kind schon einmal in den Brunnen gefallen war, konnte er auch genauso gut herausfinden, was sich hier zugetragen hatte. Wahrscheinlich Selbstmord. Und wenn es doch kein Selbstmord war, mussten es wohl mindestens zwei Täter gewesen sein, dachte er. Einer hat am Seil gezogen, der oder die anderen haben solange den massigen Körper des Direktors auf den Hocker gehievt. Oder ein Einzeltäter hatte ihn mit der Waffe im Anschlag dazu genötigt, sich selbst den Strick um den Hals zu legen. Alles war möglich.

»Dabei hätte er nur dieses Jahr bis zu seiner Pensionierung beenden müssen. Unglaublich.« Bernd Strack, der an der ›Hauptschule im Forst‹ vor allem für die Abschlussklassen und die groben Arbeiten an den Beeten des Gartens zuständig war, schien immer noch nicht glauben zu können, was er gerade sah. »Das waren bestimmt die Russen.«

»Welche Russen?« Max blickte ihn mit wachen Augen an.

»Na, diese Kriminellen, die immer vor unserem Schulgebäude stehen und den Kindern ihre Drogen anbieten.« Bernd legte die Schaufel aus der Hand, die er sich für die Gartenarbeit mitgebracht hatte, rieb sich die aufgeschürften Hände und schaute drein, als würde er nicht verstehen, dass jemand seine Russen nicht kannte. »Bertram, also Herr Sonnhaber, hat sie etliche Male von der Polizei vertreiben lassen, aber sie sind immer wiedergekommen. Uns Lehrer haben sie bedroht, wenn wir sie wegschicken wollten.«

»Hatte Herr Sonnhaber sonst noch Feinde? Oder gab es vielleicht einen Streit im Kollegium?«

»Nicht dass ich wüsste.« Bernd zuckte mit den Achseln.

»Stimmt doch gar nicht, Bernd.« Die kräftig gebaute und allseits wegen ihrer Hinterfotzigkeit unbeliebte Katja Steigeisen hob den Zeigefinger. »Du und Bertram, ihr seid euch doch in letzter Zeit andauernd wegen jeder Kleinigkeit an die Gurgel gegangen. Nur weil er dich bei deiner Beurteilung angeblich nicht fair behandelt hat. Wobei hast du dir die Hände eigentlich so aufgeschürft? Als du ihn erwürgt und anschließend aufgehängt hast, um einen Selbstmord zu fingieren?«

»So ein Schmarrn, Katja. Du hast doch gar keine Ahnung.« Bernd bekam einen roten Kopf vor Empörung und Ärger. »Die Hände habe ich mir bei der Arbeit mit der Schaufel aufgeschürft. Wo gehobelt wird, fallen nun mal Späne. Außerdem hatten Rudi und Bertram einen viel größeren Streit wegen Rudis Beurteilung. Mich hat der Chef immer noch einigermaßen fair beurteilt. Den Rudi nicht.«

»Aber deswegen bringe ich doch niemanden um.« Der angeblich so schlecht beurteilte Rudi Fellberger blickte zum dritten Mal zu seinem Direktor hinauf und schüttelte dabei den Kopf.

»Und du, Katja? Hast du Bertram endlich verziehen, dass er dich angeblich vor allen lächerlich gemacht hat, bloß weil ihr mal zusammenwart? Du und dein Holger, ihr habt ihn am Ende doch nur noch gemobbt.« Gertraud sah ihrer boshaften Kollegin herausfordernd ins Gesicht.

»Hey, Moment mal, Gertraud. Ich will da jetzt nicht von dir mit reingezogen werde, nur weil ich den Chef ab und zu mal in Sachfragen kritisiert habe.« Sportlehrer Holger Berendt streckte herausfordernd sein Kinn nach vorn. »Im Gegensatz zu euch anderen Feiglingen kämpfe ich eben mit offenem Visier. Aber dafür bin ich ehrlich und nicht so hintenrum wie der ganze Rest hier.«

»Ach, und das machen wohl nur Sportler und Bergsteiger wie du so? Langsam, Holger. Nicht schon wieder arrogant werden. Schau dir doch bloß an, wohin den guten Bertram seine Arroganz gebracht hat.« René Steinmeier hob, wie Katja gerade eben, mahnend den Zeigefinger.

»Aber Bertram war doch nicht arrogant.« Rudi schüttelte den Kopf.

»Na ja, ein bisschen wohl doch.« Gertraud nickte.

»Gerade Holger und Rudi gegenüber war er zugegebenermaßen auch nicht ganz fair gewesen.«

»Der Chef war die Arroganz in Person. Das wisst ihr alle so gut wie ich. Wenn er jemanden auf dem Kieker hatte, konnte er zum Sadisten werden. Will das jetzt etwa auf einmal niemand mehr wahrhaben?«

Betretenes Gemurmel und Auf-den-Boden-Geblicke folgten Renés vehement vorgetragener Ansage.

»Spricht da etwa jemand aus Erfahrung?«, wollte Max wissen.

»Nein«, erwiderte René. »Ich hatte keine persönlichen Probleme mit Bertram.«

»Glaube ich Ihnen. Holger und Katja. Warum haben Sie Ihren Chef umgebracht? Sinnlos, es weiter verbergen zu wollen. Ich vermute mal stark, dass Sie es gewesen sind.«

Wieso vermutet Max, dass Holger und Katja Bertram ermordet haben?

Lösung: 17. Rätsel-Krimi

Max kommt anhand verschiedener Indizien auf die Lösung. Bertram hing an einem bunten Nylonseil, wie man sie typischerweise als Bergsteiger verwendet. Holger war Bergsteiger. Katja versuchte außerdem sofort, den Verdacht auf Bernd zu lenken. Außerdem war Holger nun mit Katja zusammen, die vorher mit Bertram zusammen war. Er und sie haben Bertram in letzter Zeit gemobbt. Also hatte es offensichtlich Streit zwischen den Dreien gegeben. Katja war darüber hinaus kräftig gebaut und somit stark genug, um Holger zu unterstützen. Außerdem sagte sie Bernd auf den Kopf zu, dass Bertram erwürgt wurde, bevor man ihn aufgehängt hatte. Wenn der Leichenbeschauer das bestätigt, wären die letzten Zweifel an ihrer und Holgers Schuld beseitigt.

WECHSELGELD

»Aber ich habe doch gerade einen Fünfzigeuroschein hier vor mir auf den Tisch gelegt, Herrschaft noch mal. Zum letzten Mal: Wer von euch hat den dort weggenommen?« Die 55-jährige schlanke Evi Steigenbracher schluckte vor Ungeduld und Aufregung. Seit zehn Minuten stritt sie nun schon an diesem enorm heißen Sommerabend mit der Gruppe betrunkener junger Fußballfans an Tisch 13 wegen ihres Wechselgeldes.

»Keiner hat ihn genommen. Sie haben ihn gar nicht hingelegt. Das hab ich Ihnen doch jetzt schon viermal gesagt.« Der strohblonde Karsten Hohenmeier im Muskelshirt und kurzer Hose, der ihr mit seinem übergewichtigen Kumpel Josef Herbacher am nächsten saß, blickte zum wiederholten Mal mit flatternden Lidern zu ihr auf.

»Genau, Karsten.« Franz Steinleger, der Karsten gegenübersaß, nickte entschlossen mit dem Kopf, so wie er das bereits die ganze Zeit über getan hatte. »Also noch mal, Fräulein. Sie haben den Bernhard abkassiert und ihm bis jetzt kein Wechselgeld zurückgegeben. Er hat Ihnen die fünfzig Euro, den Sie wollten, mit einem Hunderter bezahlt. Aber der Fünfziger, den Sie dann angeblich auf den Tisch gelegt haben, ist dort nie gelandet.«

»Natürlich ist er dort gelandet, weil ich ihn gerade dort hingelegt habe. Sauft halt nicht so viel, wenn ihr nichts vertragt.« Evis Ton verschärfte sich zusehends. Der Schweiß stand ihr auf der Stirn. Es war wirklich außergewöhnlich heiß heute Abend.

»Vorsicht, Fräulein. Nicht beleidigend werden, mein Vater ist Anwalt.« Bernhard Streibinger im roten Polohemd hob den Zeigefinger in die Luft.

»Und meiner ist Richter.« Hermann Lechner schielte bereits wie ein Brunnenputzer vor lauter Rausch. Er hob sein Glas und schüttete sich den letzten Rest Bier auf die Mandeln.

»Und meiner Architekt«, fügte der dicke Josef hinzu, während er sein knallrotes Sakko zuknöpfte.

»Aha. Die Herren stammen also allesamt aus gutem Hause. Hätte man an eurem proletenhaften Benehmen gar nicht erkannt. Aber wenn ihr alle so tolle Akademikersöhne seid, dann könnt ihr ja sicher auch bis fünfzig zählen. Genau fünfzig Euro habe ich nämlich gerade hier vor euch auf den Tisch gelegt.« Evi verdrehte zum dritten Mal in den letzten zehn Minuten die Augen und schnaufte tief durch.

Seit 23 Jahren arbeitete sie im Frohen Schwan, einer alten Münchner Traditionsgaststätte in der Münchner Innenstadt, aber so ein renitenter Haufen von sturen Deppen wie dieser hier war ihr dabei noch nie vorgekommen. Sie wusste ganz genau, dass sie das Geld auf den Tisch gelegt hatte. Schließlich machte sie das immer so, wenn sie herausgab.

»Gibt es Ärger, Evi?« Exkommissar Max Raintaler, der gerade von der Toilette zurückkam und am Tisch der Fußballnarren vorbeimusste, um zu seinem eigenen Tisch zurückzukehren, blickte sie neugierig an.

»Die Herren hier behaupten, ich hätte Ihnen zu wenig Wechselgeld herausgegeben, Max. Dabei habe ich gerade vor zehn Minuten einen Fünfzigeuroschein auf den Tisch gelegt. In meinem Geldbeutel habe ich schon nachgeschaut. Da stimmt alles. Ich hatte vier Fünfziger, nachdem ich beim Wechseln war. Drei davon sind noch drin.«

»Moment, das haben wir gleich.« Max stellte sich neben sie. Er kannte Evi seit 20 Jahren und wusste, dass sie in all der Zeit noch nie jemandem falsch herausgegeben hatte. »Also, Jungs. Ich bin ein alter Freund dieser Dame. Raintaler heiße ich und ich würde gerne von euch erfahren, wie das mit dem Fünfzigeuroschein gelaufen ist.« Er stemmte die Hände in die Seiten und blickte auf sie hinunter.

»Es geht um Bernhards Wechselgeld«, meldete sich Karsten zu Wort. »Die Rechnung hat genau fünfzig Euro gemacht. Er hat mit einem Hunderter bezahlt und kein Wechselgeld zurückbekommen. Die Frau hier behauptet die ganze Zeit, sie hätte einen Fünfziger auf den Tisch gelegt. Hat sie aber nicht. Das haben wir alle gesehen.«

»Na gut, dann machen wir doch einfach einen kleinen Test. Oft meint man ja etwas zu sehen, was man gar nicht gesehen hat. Oder umgekehrt. Jeder zeigt mir den Inhalt seines Geldbeutels. Wenn es stimmt, was ihr sagt, dürfte keiner einen Fünfziger darin haben. Wenn das wirklich so ist, bekommt ihr euren Fünfziger. Wenn allerdings nicht, könnt ihr euch auf Ärger gefasst machen.« Max blickte ernst in die Runde.

»Kein Problem.« Karsten zog seine Brieftasche aus der Gesäßtasche seiner Shorts und öffnete sie. »Zwanzig Euro. Mehr habe ich nicht dabei.«

»Und das da im hinteren Fach? Das sieht doch aus wie ein Fünfziger.« Max zeigte auf das zweite Fach für Scheine.

»Das ist auch einer. Den habe ich immer als Notgroschen dabei. Da können Sie gerne die anderen fragen.«

»Da hat er recht«, bestätigte Herrmann lallend.

»Stimmt«, meinte auch Anwaltssohn Bernhard.

»Na gut«, erwiderte Max.

Die anderen zeigten ebenfalls ihre Brieftaschen, aber keiner von ihnen hatte mehr als dreißig Euro darin.

»Können wir dann bitte jetzt den Fünfziger von der Dame haben? Vielmehr den von Bernhard«, erkundigte sich Karsten mit einem frechen Grinsen.

»Nur wenn auch noch jeder den Inhalt seiner Hosentaschen auf den Tisch leert.«

»Hey, Moment mal! Abgemacht ist abgemacht«, protestierte Franz und hob sein T-Shirt an, um etwas frische Luft darunter einströmen zu lassen.

»Stimmt. Aber wenn ihr nichts zu befürchten habt, könnt ihr mir diesen kleinen Gefallen doch tun, oder?« Max ließ nicht locker.

»Na gut«, murrte Karsten. »Doch dann bekommt Bernhard endlich sein Wechselgeld.«

»Versprochen.« Max nickte mit einem Blick, der keinen Zweifel an der Wahrheit seiner Aussage zuließ.

Alle fünf beförderten brav alles, was sich in ihren Hosentaschen befand, auf den Tisch. Allerlei Zeug wie kleine Holzperlen, Schlüssel, Waschmarken und sonstige Münzen kamen dabei zum Vorschein. Nur ein Fünfzigeuroschein war nicht darunter.

»Na gut. Vielen Dank, Leute. Und du, junger Mann kannst dir jetzt aussuchen, ob du deinem Kumpel sofort den Fünfziger gibst, der ihm gehört, oder ob ich auf der Stelle die Polizei rufe.« Er zeigte auf den dicken Josef Herbacher. »Und bei der Evi entschuldigst du dich auch. Aber pronto!«

Wie kam Max darauf, dass der dicke Josef Herbacher den Fünfziger haben musste?

Evi irrte sich nie. Sie hatte ihren Geldbeutel genau überprüft. Karsten und Josef saßen ihr am Nächsten. Also musste sich einer von ihnen das Geld geschnappt haben, als niemand hinsah. Was insbesondere auf Josef als Täter hindeutete, war die Tatsache, dass er bei der großen Hitze, die an dem Abend vorherrschte, sein Jackett zugeknöpft hatte. Alle anderen waren luftig angezogen und litten dennoch unter der Hitze, obwohl sie schlanker waren als er. Offensichtlich hatte Josef den Fünfziger in die Innentasche seines Sakkos gesteckt und gemeint, dort sei er erst sicher, wenn er es zuknöpfte.

Lösung: 18. Rätsel-Krimi

UNTERGIESING BAHNDAMM

»Ein junger Mann um die 30. Stark alkoholisiert, seit einer halben Stunde tot. Schädelhirntrauma wie bei einem Unfall. Den Verletzungen und seiner Lage nach könnte er von da oben aus dem fahrenden Zug geworfen worden sein. Anschließend ist er wohl hier herunter in den Garten gerollt.« Rechtsmediziner August Stangenbrot deutete auf den sich steil erhebenden, gut zehn Meter hohen Bahndamm, der gegenüber der zumeist wenig befahrenen Straße direkt am Nordende der Schrebergartenanlage verlief.

Es war kurz nach acht. Hauptkommissar Franz Wurmdobler und Exkommissar Max Raintaler hatten ursprünglich geplant, morgens gemeinsam an der Isar entlangzujoggen, da Franz endlich etwas gegen seinen Bierbauch tun wollte. Doch auf halbem Weg zum Fluss waren sie von einem Beamten in Uniform aufgehalten worden, der Franz trotz seiner sportlichen Bekleidung sofort erkannt hatte. Er hatte sie gleich zum Schrebergarten der Meierbergers geführt, vor dem sich ungeachtet der frühen Tageszeit eine beträchtliche Menschenmenge versammelt hatte.

Jetzt standen die beiden mit Stangenbrot zwischen

den Tulpen der Meierbergers und lauschten seinen Ausführungen.

»Bei den vielen Büschen da oben? Da hätte er aber einen ganz schönen Zahn draufhaben müssen, um es bis hier runter zu schaffen.« Franz schüttelte den Kopf.

»Stimmt schon, aber möglich wär's«, bemerkte Max.

Dann ging er zu den Meierbergers hinüber, die mit verschreckten Gesichtern Arm in Arm auf ihrer Gartenbank saßen. »Kennen Sie den Toten?«, wandte er sich an sie.

»Nein. Wir haben vorhin um sieben unser Gartentor aufgesperrt und da lag er. Einfach so. Er ist bestimmt aus dem Zug gefallen. Das war vielleicht ein Schock.« Frau Meierberger streifte mit zitternden Fingern eine blonde Strähne aus ihrem faltigen Gesicht. Ludwig Meierberger nickte.

»Kennt jemand von Ihnen den Toten?«, erkundigte sich Max bei den Neugierigen vor dem Gartentor.

Einige von ihnen standen immer noch dort und harrten der Dinge, die da kommen würden. Ein langhaariger Mann in hinterster Reihe blickte schnell zu Boden, als Max ihn fragend ansah.

»Ich habe ihn noch nie gesehen«, platzte der andere junge Mann neben ihm wie aus der Pistole geschossen hervor. Er trug eine schwarze Jeans und ein gelbes T-Shirt mit der Aufschrift ›trinkfroh und arbeitsscheu‹.

»Ich auch nicht«, schloss sich ihm ein grauhaariger Mann im Blaumann an. »Noch nie gesehen, den Burschen.«

»Ich auch nicht.« Die rotgelockte Frau um die Vierzig hinter ihm schüttelte entschlossen den Kopf.

»Aber das ist doch der Reinhard Willinger aus der Hans-Mielich-Straße, Gerd«, stieß die blonde Frau im mittleren Alter gleich vor dem Zaun hervor. Sie hielt dem Mädchen an ihrem Arm die Handtasche vor die Augen, damit es das Grauen in Meierbergers Schrebergarten nicht mit ansehen musste. »Natürlich kennt ihr den. Den kennt doch jeder von uns.« Verwirrt blickte sie die anderen an.

»Ja, meinst du wirklich, Annemarie? Ich sehe so schlecht ohne meine Brille. Bald kann ich kein einziges Buch mehr lesen«, meinte der Blaumann.

»Dann setz sie doch auf.« Sie schüttelte den Kopf.

»Hab sie leider nicht dabei.«

»Fährst du heute eigentlich gar nicht zur Arbeit?«

»Nein. Habe vorhin mein Auto in die Werkstatt nebenan gebracht. Genau wie der Ludwig. TÜV und noch ein paar Kleinigkeiten.«

»Ach, da hat der Ludwig also seinen Führerschein wieder.«

»Ja, ja, immer der Ärger mit dem fahrbaren Untersatz. Ich habe meinen gestern wegen einem neuen Zahnriemen hingebracht«, sagte der Mann in der Lederhose.

»Kennt sonst noch jemand den Toten?« Max blickte erneut in die Runde.

»Ich meine auch, dass es der Reinhard ist«, meldete sich eine Kaugummi kauende Frau zu Wort. »Er hatte mit ausnahmslos jedem hier im Viertel Streit. War rund um die Uhr betrunken und hat herumgepöbelt.« Sie blickte abfällig auf die Leiche hinter dem Kirschbaum.

»Meint ihr wirklich?« Der junge Mann im gelben T-Shirt kratzte sich nachdenklich am Kopf. »Von hier sieht er ganz anders aus.«

Der Langhaarige neben ihm blickte immer noch betreten zu Boden.

»Gut, Herrschaften. Die Frage, wann sich jeder von Ihnen hier eingefunden hat, erübrigt sich. Ich habe meinen Täter.« Max drehte sich zu Franz um.

Haben Sie auch Ihren Täter?

Lösung: 19. Rätsel-Krimi

Frau Meierberger sagte, dass sie um sieben ihr Gartentor aufgesperrt habe und da wäre der Tote dagelegen. Fakt laut Stangenbrot ist, dass er erst eine halbe Stunde später gestorben ist. Frau Meierberger hat also gelogen.

SAUSTALL AN DER ISAR

»Ja, geht's noch, ihr Saubären? Auf der Stelle räumt ihr euren Dreck weg. Wozu gibt es denn Mülltonnen? Was glaubt ihr wohl?« Der blonde Münchner Exkommissar Max Raintaler betrachtete kopfschüttelnd die Gruppe Jugendlicher, die gerade im Begriff war, ihren mit Flaschen, Scherben, Plastiktüten und Papier übersäten Grillplatz am Isarufer südlich der Brudermühlbrücke zu verlassen.

»Geh, hau doch ab, du alter Depp«, motzte ein großer dicker Junge mit hochrotem Kopf.

Der war wohl zu lange in der Sonne gewesen, dachte Max. Oder er hatte jetzt schon Bluthochdruck. Wunder wäre es keins bei seiner Mordswampe. Gab es eigentlich keinen Schulsport mehr?

»Genau. Lass uns in Ruhe, Mann. Das hier ist ein freies Land.« Ein dunkelhaariger Schlacks mit offenen Turnschuhen an den Füßen schloss sich sowohl inhaltlich als auch in Punkto Unverschämtheit seinem Vorredner an. »Das hier geht dich einen Scheißdreck an.«

»Würde ich nicht so sagen.« Max blieb ruhig. Noch. »Ich bezahle Steuern in dieser Stadt. Und von diesen Steuern müssen die Leute bezahlt werden, die dafür sorgen, dass wir nicht im Müll ersticken. Kaschperlköpfe wie ihr machen denen und mir das Leben schwer. Denn je mehr Leute bezahlt werden müssen, um aufzuräumen, umso mehr Steuern muss ich bezahlen. Geht das in eure kleinen Gehirne hinein?« Er blickte neugierig von einem zum anderen.

»Vorsicht, Alter. Nicht so frech. Wir waren das nicht. Außerdem sind wir zu zehnt und du alleine.« Der Dicke mit dem roten Kopf schien nicht die geringsten Hemmungen gegenüber Erwachsenen zu haben. Sein Ton war aggressiv und respektlos. »Das gibt gut was auf die Mütze. Hau lieber ganz schnell ab.«

»Genau. Unser Leben und unser Müll gehen keinen was an«, schloss sich ein schmales blondes Mädchen in schwarzem T-Shirt und rotem Minirock an.

»Lassen Sie uns bloß in Ruhe!« Die Kleine an der linken Hand der Blonden konnte höchstens zwölf Jahre alt sein. »Sonst schreie ich ganz laut. Oder ich hole meinen Vater, der ist Polizist.«

»Ihr seid anscheinend wirklich zu blöd, um es zu kapieren, was? Muss ich es etwa noch mal für alle zum Mitschreiben sagen?« Langsam riss Max der Geduldsfaden. Nicht zu fassen, diese Bande von Nervensägen, sagte er sich. Hatte denen noch niemand die Meinung gegeigt? Was waren das bloß für Eltern, die solch unverschämte Quälgeister großzogen?

»Hey, Moment mal, Alter. Nicht schon wieder

frech werden.« Ein durchtrainierter junger Mann mit freiem Oberkörper trat finster dreinblickend näher. »Wir waren das nicht. Das hat Lars doch gerade gesagt. Das haben alles die Leute, die vor uns hier waren, liegen gelassen. Sogar ihr Feuerholz ist noch übrig.«

»Und die ganzen zerdepperten Bierflaschen und Papiere sind natürlich auch nicht von euch, stimmt's?« Max ließ sich nicht im Geringsten von den Drohgebärden des gestählten Hünen beeindrucken. Im Gegenteil. Er war stinksauer darüber, dass der Schmutz am Isarufer in den letzten Jahren derart zunahm. Und jetzt hatte er endlich einmal ein paar dieser gewissenlosen Umweltsünder auf frischer Tat ertappt. Da würde er auf keinen Fall aufgeben, bis er sie zur Vernunft gebracht hatte.

»Die Flaschen sind nicht von uns«, mischte sich ein kleiner Glatzkopf ein. »Wir trinken kein Bier.«

Max lachte laut auf. »Und warum habt ihr dann eine Fahne? Das riecht man ja noch am Starnberger See, dass ihr Bier getrunken habt.« Unglaublich, dachte er. Statt die Scherben und den anderen Dreck einfach aufzuheben und in den Müllcontainer zu werfen und ihrer Wege zu gehen, diskutierten sie lieber stundenlang mit mir. Früher hatte es so etwas nicht gegeben. Blöder Spruch, aber in dem Fall stimmte er wirklich. »Und euren Grill könnt ihr ruhig auch wieder mitnehmen. Hier braucht den keiner.« Er deutete auf das verrostete Drahtgestell, das über der schwelenden Feuerstelle lag.

»Der gehört nicht uns. Den muss hier jemand vergessen haben.« Ein blonder Schönling bedachte Max mit einem arroganten Blick. »Wir waren hier nur ganz kurz. Und jetzt wollen wir wieder gehen. Also geh uns endlich aus dem Weg, Alter, sonst kracht's.«

»Na, das möchte ich aber sehen. Wer will zuerst?« Max nahm die Grundstellung ein, die ihm dank seines jahrelangen Karatetrainings längst zur Selbstverständlichkeit geworden war. »Was ist? Ich warte«, fügte er hinzu.

Die Jugendlichen blickten sich ratlos an. Keiner schien den ersten Schritt machen zu wollen. Offenbar bekamen sie nun doch Angst davor, dass der Wichtigtuer vor ihnen eventuell etwas von Kampfsport verstand. Wenn es so war, konnte es auf jeden Fall blaue Augen geben. Oder Schlimmeres. So viel war sicher.

Max sollte das recht sein. Er war davon überzeugt, dass er die Richtigen erwischt hatte. Wer seinen Dreck in die Gegend warf, konnte ihn auch wieder aufheben. Von dieser Meinung würde er auf keinen Fall abgehen. Herrschaftszeiten aber auch.

»Woher wollen Sie denn eigentlich so genau wissen, dass wir das mit dem Müll waren?«, erkundigte sich der kleine Glatzkopf.

»Ihr habt es doch selbst gesagt.«

»Blödsinn, von uns hat niemand etwas Derartiges gesagt.« Der dunkelhaarige Schlacks mit den offenen Turnschuhen schaute herausfordernd drein. »Also, noch mal zum Mitschreiben für Sie: Wir waren es nicht.«

»Doch.«

»Geh, so ein Schmarrn. Nix waren wir.« Der Nachwuchsbodybuilder spannte seine Oberarmmuskeln an. Offenbar hoffte er sein Gegenüber damit zu beeindrucken.

»Doch. Eben schon.« Max wusste ganz genau, dass er recht hatte.

Wissen Sie es auch?

Lösung: 20. Rätsel-Krimi

Das blonde Mädchen in dem schwarzen T-Shirt und dem roten Minirock hat die Gruppe verraten. Sie hat wörtlich gesagt: »Genau. Unser Leben und unser Müll gehen keinen was an.« Wohlgemerkt ›unser Müll‹.

RUDI

»Recht geschieht es ihm, dem Rudi. Er war das größte Arschloch im ganzen Viertel. Alle hat er bloß abgezockt. Immer noch ein Haus kaufen und luxussanieren und noch eins. Das konnte ja nicht gut gehen.« Die platinblonde Marion starrte wie die ungefähr 20 anderen Schaulustigen auf die Flammenzungen, die aus dem linken Fenster im zweiten Stock des neu errichteten weißen Mietshauses in der Pilgersheimerstraße nicht weit vom Candidplatz loderten.

»Na ja. Aber seinen Tod muss man ja deswegen nicht gleich gut finden.« Die rothaarige Sabine, die in Jeans und gelbem Top direkt neben ihrer besten Freundin stand, versuchte die Situation herunterzuspielen. Sie wusste, dass Marion generell dazu neigte, sich mit ihrer Impulsivität um Kopf und Kragen zu reden. Und ausgerechnet jetzt stand dieser blonde Exkommissar zwei Meter neben ihnen. Dieser Max Raintaler aus Thalkirchen drüben. Sie kannte ihn nur flüchtig, aber sie wusste, dass er ein kluger Kopf war und dass ihm so schnell nichts entging.

»Wieso nicht? Ein Depp weniger auf der Welt. Was soll's?« Marion war nicht mehr zu bremsen. Sie hasste Rudi, seit er sie vor drei Jahren sitzen gelassen hatte.

»Geh, Marion. Jetzt reiß dich zusammen. So ein

Schmarrn, was du daherredest. Der arme Rudi wird da oben gegrillt und du ziehst auch noch über ihn her. Das ist nicht okay.« Sabine blickte unsicher zu Max hinüber. Hatte er etwa mitbekommen, was ihre Freundin gerade von sich gegeben hatte?

»Wahnsinn, was für eine Kraft so ein Feuer hat«, meinte er kurze Zeit später in ihre Richtung gewandt. »Da wird nicht viel übrig sein vom Zocker-Rudi und seinen Möbeln.«

»Stimmt.« Sabine nickte zustimmend. Gott sei Dank, er hatte offenbar nichts gehört, dachte sie.

»Ja, mei. Wer so viele Feinde hat, brennt eines Tages oder er landet in der Isar. So ist das halt nun mal.« Rüdiger Berger, der mit zwei Freunden direkt vor den Dreien stand, schien seinem gefährlichen Aussehen nach genau zu wissen, was er sagte. Springerstiefel, Bomberjacke, Glatze und mit Tätowierungen übersät stand er breitbeinig und strotzend vor Selbstbewusstsein da.

»Wie kommst du darauf?« Max wurde hellhörig. »Kanntet ihr Rudi?«

»Logisch kannten wir den Deppen.« Rüdiger zog an seiner Selbstgedrehten. »Aber das Feuer haben wir nicht gelegt. Das wird er in seinem Vollrausch schon selbst gewesen sein, der Vollpfosten.« Er lachte höhnisch.

Seine zwei Begleiter taten es ihm gleich.

»Wie kommst du darauf, dass er einen Rausch gehabt hat?«

»Er hat immer einen Rausch gehabt. Außerdem stand er vorhin noch in unserer Stammkneipe ums Eck und hat total besoffen Dragans Schwester Lucy angemacht, obwohl sie auf Jens steht. Stimmt doch, Dragan? Oder?«

»Logisch, Alter. Mann, voll hat der die angemacht, die Lucy. Ich schwör. Und besoffen war der, Wahnsinn.« Dragan nahm einen Schluck aus der halb geleerten Bierflasche in seiner blutbefleckten rechten Hand. »Die Drecksau. Geschieht ihm ganz recht, dass er brennt.«

»Was hast du mit deiner Hand gemacht?«, erkundigte sich Max bei ihm.

»Nichts. Nur ein Kratzer. Hab mich beim Pizzamachen verbrannt.«

»Aber ihr drei habt bei dem Feuer hier oben nicht zufällig nachgeholfen? Mit Benzin oder Ähnlichem?« Max blickte mit hochgezogenen Brauen von einem zum anderen. »Dabei kann man sich auch ganz schnell mal die Finger verbrennen.«

»Spinnst du, Mann? Willst du uns anpissen?« Rüdiger machte einen Schritt auf Max zu und fixierte ihn mit einem wilden Blick. »Ich kann es gar nicht gewesen sein. Ich war bis gerade noch in unsrer Stammkneipe. Da kannst du jeden fragen.«

»Und jeder würde es mir sofort bestätigen. Ja, ja. Gott sei Dank gibt es Stammkneipen, in denen die Leute für einen lügen.« Max provozierte die drei Halbganoven absichtlich. Vielleicht rutschte ihnen so etwas heraus, was sie besser verschwiegen.

»Willst du Rudi besuchen?« Der Dritte im Bunde, Jens Faltermeier, hatte von einer Sekunde auf die andere ein Schnappmesser in der Hand und ging damit langsam auf Max zu. »Ein Platz neben ihm ist bestimmt noch frei in seiner schönen Wohnküche.«

»Tu den Zahnstocher weg, du Depp. Sonst passiert was.« Max' Blick ließ keinen Zweifel daran, dass er seine Drohung wahr machen würde.

»Weg damit, Jens. Bist du bescheuert? Der Typ war mal Bulle. Ich kenne ihn. Der faltet uns alle drei in den nächsten Gulli.« Rüdiger legte seine Hand auf Jens' Arm. Er sah ihm sehr tief und sehr ernst in die Augen.

»Na gut. Aber er soll die Schnauze halten mit seinen falschen Verdächtigungen, sonst ist er ganz schnell beim Rudi in der Hölle. Ex-Bulle hin, Ex-Bulle her.«

»Das mit deiner verbrannten Hand schaut aber schon komisch aus, Dragan. Ausgerechnet heute. Falls du den Mistkerl Rudi auf dem Gewissen haben solltest, ich bin dir auf jeden Fall schon mal dankbar.« Marion inhalierte einen tiefen Zug ihrer Filterzigarette und warf beim Ausatmen den Kopf weit zurück.

Sabine blickte derweil betreten zur Seite. Die ganze Szene schien sie peinlich zu berühren.

»Mann hey, spinnst du? Ich hab den Depp nicht umgebracht. Ich habe meine Schwester heimgebracht. Als ich hier ankam, hat alles schon gebrannt.« Dragan sah aus, als wollte er der streitlustigen Blondine gleich an die Gurgel gehen.

»Du nicht, aber dein Kumpel mit dem Messer kommt sofort mit mir zur Polizei. Er ist Rudis Mörder. Falsche Verdächtigungen hin, falsche Verdächtigungen her.«

Woher wusste Max, dass Jens der Täter war?

Lösung: 21. Rätsel-Krimi

Jens und Dragans Schwester hatten Rüdigers Aussage nach anscheinend ein Techtelmechtel laufen. Rudi hat Dragans Schwester betrunken angemacht. Das hat Jens sicher am allerwenigsten von allen gefallen. Er ist Rudi gefolgt, hat ihn in seiner Küche überwältigt und die Wohnung angezündet, um es wie einen Unfall aussehen zu lassen. Woher Max das alles wusste? Jens wusste als Einziger, dass sich Rudi in seiner schönen Wohnküche befand. Er bot Max einen Platz neben Rudi an. Das konnte nur der Täter gewusst haben.

TÖDLICHE WEINPROBE

»Vergiftet sagen Sie? Dann kann es nur einer von uns gewesen sein. So viel steht fest.« Max Raintaler sah zuerst den Notarzt an und blickte dann bedeutungsvoll in die Runde.

Er war gestern früh mit seiner Freundin Monika von München aus hierher in die Steiermark gefahren, um mit ihr an einer nachmittäglichen Schilcherverkostung im beliebten Gut Sonnenhof in der Nähe von Bad Gams teilzunehmen. Die Veranstaltung hatte vielversprechend begonnen. Vor einer halben Stunde jedoch hatte sie dann mit dem urplötzlichen Tod eines österreichischen Teilnehmers aus Deutschlandsberg, Gerhard Welland, ihr jähes Ende gefunden. Er war aus dem Stand umgefallen und nicht wieder aufgestanden. Nun befanden sich zwei Beamte des Postens Deutschlandsberg mit den verbliebenen Weinproblern im Keller des alteingesessenen Winzers Ferdinand Brandl und befragten die Anwesenden. Max als erfahrener ehemaliger Mordermittler hatte sich dazu bereit erklärt, den uniformierten Landgendarmen bei ihrer Aufgabe zu helfen. Zumindest bis die Kripo aus Graz eintreffen würde.

»Aber wer von uns sollte denn den Gerhard umbringen? Das ergibt doch gar keinen Sinn. Wir alle haben ihn gekannt und gemocht.« Der rundliche Ernst Strohberger schüttelte den Kopf und schaute zum Kellerfenster hinaus.

»Genau«, stimmte die grauhaarige Elisabeth Neuhaus zu, ihres Zeichens kräuterzüchtende Schriftstellerin aus Ebiswald, die bis zu Gerhards Tod fleißig zechend neben ihm gestanden hatte. Was weiter auch kein Wunder war, hatte sie doch jeder als seine engste Freundin und Vertraute gekannt. »Der arme Gerhard. Hoffentlich hat er es jetzt besser, da wo er ist. Er hat es sich so gewünscht.«

»Wie meinst du das, Sissi? Ging es dem Gerald denn schlecht?« Evi Strohberger blickte ihre weinende Freundin an. »Davon hat man gar nichts gemerkt.«

»Na ja. Er hatte doch diese Krankheit. Diesen Lymphknotenkrebs. Schreckliche Schmerzen. Er wollte gar nicht mehr leben. Hätte nur noch ein Vierteljahr gehabt, hat der Spezialist in Graz gemeint. Ach, mein Gott. Ich wäre trotz meiner 70 Jahre sogar noch einmal um die Welt mit ihm gefahren, wenn er das gewollt hätte. Keinen Wunsch hätte ich ihm abschlagen können.« Sie zerknüllte die Serviette neben sich, auf die irgendein Scherzbold mit Kuli ›Ba ba, ihr Lieben‹ geschrieben hatte.

»Was? Davon habe ich ja gar nichts gewusst«, mischte sich Bernd Welland ins Gespräch. Der glatzköpfige Bruder des Verstorbenen zog zum zehnten

Mal in der letzten halben Stunde sein großes kariertes Stofftaschentuch aus der Hosentasche und wischte sich damit die Tränen aus dem Gesicht. »Warum hat er mir denn nichts davon gesagt?«

»Er wusste, dass du dich zu sehr aufregen würdest, Bernd.« Elisabeth ging zu ihm hinüber und tätschelte ihm die Schulter. »Du und wir alle hier, seine Freunde, waren ihm doch immer das Wichtigste im Leben.«

»Der gute Gerhard. Rücksichtsvoll bis zuletzt. So haben wir ihn alle gekannt und nicht anders. Nie hätte er jemandem zur Last fallen wollen.« Auch Ernst Strohberger nahm sein Taschentuch, das immer in der linken Hosentasche steckte, zur Hand. »Immer nur großzügig. Stimmt's, Bernd? Für dich hat er auch immer alle Schulden bezahlt.«

»Hat er, Ernst. Meistens zumindest. Zuletzt nicht mehr so. Es wurde ihm zu blöd, was ich aber auch verstehen kann.« Bernd schüttelte voller Trauer den Kopf.

»Unser Bernd hat nämlich eine kleine Schwäche für die Spielbank in Graz«, klärte Ernst Max auf. »Könntest du ihm dafür nicht auch einmal ein Kräutlein zusammenmischen, Evi?«

»Aber sicher. Da finden wir schon was. Ich habe für jeden das richtige Kraut, das wisst ihr doch.«

»Aha. Hatte Herr Welland irgendwelche Feinde? Oder Neider?« Max blickte von einem zum anderen.

»Na ja. Mit dem Pfarrer hat er sich nicht so gut verstanden. Der wollte ihn immer zum Konvertieren bewegen. Aber der Gerhard war gerne evangelisch.« Die üppige Ruth Seidenweber rückte ihre schwarze Hornbrille zurecht.

»Jemanden deswegen zu vergiften halte ich für äußerst unwahrscheinlich. Außerdem ist der Pfarrer gar nicht hier. Kommen Sie auch aus Deutschlandsberg wie der Tote?«, wollte Max wissen.

»Ja, so wie die meisten von uns.« Sie zeigte auf die Anwesenden. »Nur die Sissi kommt aus Eibiswald und Sie und Ihre Freundin aus München.«

»Herr Brandl, wir haben doch alle denselben Wein verkostet? Oder hatte Herr Welland einen anderen?«

»Nein, ich habe allen aus derselben Flasche eingeschenkt. Das haben Sie doch gesehen, oder?«

Zustimmendes Gemurmel.

»Fragt sich nur, wie dann das Gift in sein Glas kam.« Max kratzte sich am Hinterkopf. »Was sind wir Ihnen eigentlich schuldig? Ich meine, die Verkostung ist doch wohl für heute zu Ende, oder?«

»Sollen wir uns auf die Hälfte des Preises einigen?« Der Winzer schaute von einem zum anderen.

»Na gut. Das klingt fair.« Max zog seinen Geldbeutel aus der Gesäßtasche seiner Lieblingsjeans.

»Absolut fair«, bestätigte Monika, die sich die

ganze Zeit über zurückgehalten hatte, um Max die Arbeit nicht zu erschweren.

»Sehr gut, Ferdinand«, meinte Ernst. »Dann können der Bernd und ich wenigstens die nächsten Raten für unsere Häuser bezahlen. Vielleicht hat die Bank ja ein Einsehen und lässt sie uns doch noch behalten.«

»Sind Sie wirklich so hoch verschuldet?« Max wandte sich hellhörig geworden an Bernd und Ernst.

»Ach wo, nur Spaß«, erwiderte Ernst. »Das ist der schwarze Humor bei uns in Österreich, den versteht ihr Deutschen nicht. Wissen wir schon.« Er lachte leise. »Außerdem muss sich der Bernd jetzt sowieso keine Sorgen mehr machen. Der erbt genug vom Gerhard.«

»Stimmt das?« Max blickte Bernd ins errötende Gesicht.

»Na ja. Ja, stimmt schon.« Bernd senkte den Blick.

»Na gut. Ich weiß genug.« Max drehte sich zu den Gendarmen um. »Meine Herren, ich weiß, wer Herrn Welland vergiftet hat.«

Wissen Sie es auch?

Lösung: 22. Rätsel-Krimi

Gerhard hat sich selbst umgebracht, weil er die Qualen seiner Krankheit nicht mehr aushalten konnte. Sein Abschiedsgruß ›Ba ba, ihr Lieben‹ (Anm. »Ba ba« heißt so viel wie Tschüss in Österreich) auf der Serviette an seinem Platz belegt das. Das Gift hatte er wohl Evi gestohlen, die sich bestens mit Kräutern auskannte. Laut Evi war Gerhard am liebsten in Gesellschaft seiner Freunde und seines Bruders gewesen und wollte deshalb wohl auch in deren Gegenwart sterben.

DIEBSTAHL IN DER UMKLEIDE

»Wer klaut denn eine Armbanduhr, die nicht einmal 200 Euro wert ist? Ich glaube es nicht.« Max schüttelte fassungslos den Kopf. Seine Uhr war weg, das geliebte Erbstück seines Großvaters. Vor zwei Stunden war er mit seinem Freund Josef Stirner, dem Torwart des FC Kneipenluft, und einem weiteren Freund, dem Musikproduzenten Heinz Brummer, sowie dessen Frau Agathe auf den Platz gegangen, um im Doppel anzutreten. Vorher hatte er seine Uhr in die Innentasche seiner Windjacke gesteckt und den Reißverschluss geschlossen. Das wusste er ganz genau.

»Da muss jemand aber sauber pleite sein.« Heinz, der sich gerade wie seine Gegner ausgezogen hatte, um unter die Dusche zu springen, blickte ungläubig auf Max' Windjacke.

»Man lässt seine Wertsachen auch nicht in der Garderobe liegen«, wusste Josef, während er seine vom roten Sand gefärbten Socken sorgfältig auf seine Tennisschuhe legte.

»Stimmt schon, Josef.« Max blickte belämmert drein. »Aber in einem renommierten Tennisklub geht man nicht von solch einem Diebstahl aus. Die haben doch hier alle mehr Geld als ich. Herrschaftszeiten, ausgerechnet die Uhr von meinem Opa.«

»Wer war denn hier drinnen, solange wir gespielt haben?«

»Keine Ahnung. Auf jeden Fall gehe ich gleich nach dem Duschen ins Vereinslokal und stelle die Herren dort zur Rede.« Max setzte ein entschlossenes Gesicht auf, schnappte sich sein Handtuch und verschwand in der Dusche.

Wenig später standen er, Josef und Heinz am Tresen des Klubheims.

»Drei Bier, Peter. Aber schön kühl bitte«, orderte er beim Schankkellner.

»Logisch, Max. Kommt sofort.« Peter Meier, der gelegentlich als Aushilfe hinter der Bar jobbte, machte sich mit ans Einschenken.

Nachdem alle drei einen Schluck getrunken hatten, richtete Max seine Stimme an die Anwesenden.

»Liebe Leute, tut mir leid, dass ich euch stören muss, aber es ist etwas passiert, was normalerweise nicht passieren sollte. Schon gar nicht in einem Verein, in dem jeder jeden kennt.«

»Was ist denn los, Max? Hat es eine Rauferei gegeben?« Richard Bierl, seines Zeichens zweiter Vorsitzender und Kassenwart in Personalunion, blickte den blonden Münchner Exkommissar neugierig an.

»Nein, keine Rauferei. Aber einen Diebstahl.«

»Was? Hier bei uns? Gibt es doch gar nicht.« Resi Bauberger stellte erschrocken ihre Kaffeetasse ab und machte große Augen. »Da muss man ja direkt Angst um seine Sachen bekommen.«

»Wahrscheinlich hast du recht, Resi. Irgendwer hat mir die Uhr meines Großvaters gestohlen. Sie ist nicht viel wert, aber mir bedeutet sie sehr viel. Persönlich sozusagen.« Max machte ein ernstes Gesicht.

»Echt, Max? Das ist der Wahnsinn. Nicht zu fassen.« Der stets klamme Romanautor Reinhold Beckersdorf-Löhlein blickte deutlich geschockt von einem zum anderen. »Und du meinst, es war einer von uns?«

»Na ja, nicht direkt. Aber irgendwer muss sie wohl genommen haben.« Max fühlte sich zusehends unwohl in der Rolle des Beschuldigers. »Die Uhr war wirklich nichts Besonderes, aber ich hänge halt an ihr. Der Opa ist längst tot, die Eltern sind tot. Da hat man gern ein Erinnerungsstück.«

»Das kann ich sehr gut verstehen, Max.« Resi Bauberger bekam feuchte Augen. »Meine Eltern liegen auch schon lange auf dem Ostfriedhof.«

»Vielleicht war es gar niemand von hier, sondern es hat sich jemand hereingeschlichen«, gab Herbert Brandstetter, der erste Vorsitzende zu bedenken. »Ein Fremder.«

»Kann natürlich sein«, räumte Max ein. »Dann ist der Dieb mit dem guten Stück wahrscheinlich schon über alle Berge.«

»Wahrscheinlich hast du recht, Max.« Josef trank

einen großen Schluck Bier. Es war heiß gewesen auf dem Platz. Nichts Besonderes im August.

»Aber wer braucht den so eine alte vergoldete Uhr?« Peter machte ein verständnisloses Gesicht. »Heutzutage bekommt man doch bereits für 30 Euro eine Superarmbanduhr mit allem Drum und Dran.«

»Ich verstehe es auch nicht«, meinte Max. »Hat denn einer von euch zufällig jemanden in die Umkleide gehen sehen, solange wir gespielt haben?«

»Ich war vor einer halben Stunde drinnen«, meldete sich der grauhaarige Finanzbeamte im Ruhestand, Rainer Gebhard, zu Wort. »Habe mir ein frisches T-Shirt geholt. Aber ich habe dort niemanden gesehen. Und die Uhr habe ich sicher nicht. Ihr dürft mich gerne durchsuchen.« Er verschränkte die Arme hinter dem Kopf wie ein Verdächtiger, der gerade von der Polizei gestellt wird.

»Ich habe auch niemanden gesehen, als ich meinen anderen Schläger geholt habe«, schloss sich Ex-Banker Werner Feilgrad den Ausführungen seines Vorredners an. »Verstehe ich echt nicht, wie jemand so etwas machen kann.« Er fuhr sich nachdenklich mit der Hand über die Glatze.

»Vielleicht braucht dieser Jemand ja dringend Geld.« Heinz Brummer ergriff zum ersten Mal das Wort. Er ließ seinen Blick über die Gesichter der Anwesenden schweifen.

»Aber so dringend? Ich weiß nicht, Heinz.« Resi blickte in ihre Kaffeetasse. »Ich dachte immer, dein anderer Schläger wäre beim Bespannen, Werner.«

»Da bist du nicht ganz auf dem Laufenden, meine Liebe. Seit gestern habe ich ihn wieder.«

»Sag mal Bernd, du warst doch vorhin auch in der Umkleidekabine.« Rainer richtete seine Bemerkung an Bernd Wiesenbrot, der wegen seiner geringen Rente die Rolle des Platzwartes auf der Anlage innehatte.

»Ja, aber nur auf dem Klo. In die Umkleide bin ich gar nicht reingegangen.« Bernd errötete wie ein Schüler, den der Lehrer beim Abschreiben erwischt hatte.

»Glaube ich dir auch, Bernd«, sagte Max. »Meine Uhr hat ein anderer. Und ich weiß auch genau, wer. Ist mir gerade eingefallen.«

Ist Ihnen auch eingefallen, wer Max die alte Uhr seines Großvaters gestohlen hat?

Lösung: 23. Rätsel-Krimi

Es war der Barkeeper Peter. Er wusste als einziger, dass die Uhr vergoldet war. Max hatte nichts davon gesagt.

MOUNTAINBIKE

Max und Monika hatten unten auf dem Parkplatz gerade ihre letzte Wasserflasche aus dem Kofferraum von Monikas Audi leer getrunken, als ihre Bekannten den schmalen Pfad aus dem Wald herausgefahren kamen. Zu acht waren sie heute früh von München aus zu einer anspruchsvollen Mountainbiketour im Karwendel aufgebrochen. Auf der Abfahrt von der Schützhütte aus hatten Max und Monika die anderen abgehängt und warteten nun bereits seit über 40 Minuten auf deren Eintreffen. Endlich waren sie da. Doch als Max genauer hinsah, konnte er nur fünf Fahrer erkennen. Wo steckte Hans? Hatten sie den sportlichen Endfünfziger etwa in einer der bewirtschafteten Almen am Wegesrand sitzen gelassen?

»Max, Moni, es ist etwas Schreckliches passiert.« Gertraud Jäckel konnte vor lauter Aufregung kaum sprechen, als sie ihr Fahrrad neben Max' und Monikas abstellte. »Der Hans …«

»Was ist mit Hans? Ist er verletzt?« Max schaute erschrocken von einem zum anderen.

»Der Hans … er ist abgestürzt, Max. Ein paar Hundert Meter tief. Er ist bestimmt tot.« Elisabeth Müller, die Frau des Vermissten sprach mit tränenerstickter Stimme. »Wir haben gleich die Bergwacht angerufen.

Die haben gemeint, wir sollen hier zum Parkplatz herunterfahren. Einen von uns wollen sie gleich im Hubschrauber mitnehmen, damit er ihnen die Stelle zeigt, wo Hans liegt.«

»Was? Hans? Aber der hat doch mit Abstand am meisten Erfahrung von uns allen.« Der blonde Münchner Exkommissar schüttelte ungläubig den Kopf. »Wie konnte das nur passieren?«

»Aber echt.« Monika fuhr sich unruhig mit der Hand durch die dichten schwarzen Locken.

»Er hat, glaube ich, noch so etwas wie ›Scheißbremsen‹ gerufen.« Die rothaarige und sehr hellhäutige Gerlinde Leinberger war noch blasser als sonst.

»Stimmt. Ich habe auch etwas Ähnliches gehört«, bestätigte die leicht mollige, aber deshalb keineswegs konditionsschwache Gertraud. Zur Not fuhr sie trotz ihres Hüftgoldes allen davon.

»Also haben seine Bremsen versagt.« Max blickte nachdenklich auf den Kiesboden.

»Sie müssen kaputt gewesen sein. Obwohl ich mir alles vor unserer Abfahrt in München noch einmal gründlich angeschaut habe.« Elmar Jäckel zuckte nur resigniert mit den Schultern. Er war der Techniker der Truppe, baute Fahrräder auseinander und zusammen und reparierte sie, genau wie alles andere, das mechanisch funktionierte. Egal ob Staubsauger oder Rasenmäher. »Da waren die Bremsen vom Hans noch total in Ordnung. Aber wisst ihr was? Mein Werkzeug ist weg.«

»Seit wann?« Max wurde hellhörig. Sollte etwa jemand aus der Gruppe das Werkzeug gestohlen und an Hans' Bremsen herummanipuliert haben? Oder hatte Elmar sein Werkzeug unterwegs verloren?

»Aufgefallen ist es mir, als wir oben wieder loswollten. Zuerst dachte ich, dass ich es wahrscheinlich im Auto liegen gelassen habe. Aber da ist es auch nicht, wie ich gerade sehen konnte.« Er blickte ratlos in die Runde.

»Schon komisch, oder?« Gertraud Jäckel setzte sich auf den Campinghocker, den Elmar gerade für sie aus dem Kofferraum geholt hatte.

»Ach, was, kaputte Bremsen«, motzte Horst Leinberger, der bisher geschwiegen hatte. »So ein Bremszug ist viel stabiler, als man denkt. Da sägt man nicht einfach so locker daran herum. Wahrscheinlich hat unser Hans Guck-in-die-Luft einfach nur vergessen, rechtzeitig zu bremsen. Typisch Hansi halt.«

»Ein Gutes hat es schon, dass der Hans nicht mehr da ist.« Gerlinde Leinberger ergriff erneut das Wort. »Nehmt es mir bitte nicht übel, aber seine Elisabeth hat jahrelang unter seiner krankhaften Eifersucht gelitten. Und verprügelt hat er sie auch oft. Genug ist genug.«

»Stimmt schon.« Horst reckte herausfordernd das Kinn. »Aber dafür war er umso netter zu dir.«

»Ach, nun hör schon auf, Horst. Nur wegen dieser einen blöden Geschichte auf der Wiesn hinter dem Bierzelt. Das ist doch zehn Jahre her. Wie lange willst du mir und Hans das denn noch nachtragen? Außerdem finde ich das gerade reichlich rücksichtslos Elisabeth gegenüber.«

»Finde ich auch.« Elmar bekräftigte seine Aussage, indem er mit den Knöcheln auf Horsts Autodach klopfte.

»Ach, ausgerechnet derjenige, der bei Hans und Elisabeth ein und aus gegangen ist, vor allem dann, wenn Hans nicht da war, muss sich wegen meiner Eifersucht aufspielen. Finde ich schon bemerkenswert.« Horst richtete sich zu voller Größe auf, so als befürchtete er jeden Augenblick eine körperliche Auseinandersetzung mit seinem Gegenüber.

»Viel bemerkenswerter finde ich, lieber Horst, dass du bei Hans 20.000 Euro Schulden gehabt hast. Musst du die jetzt eigentlich an Elisabeth zurückzahlen, oder wie läuft das?« Gertraud sprang für ihren Elmar in die Bresche. Natürlich. Sie war seine Frau. Und er war in den ganzen 30 Jahren ihrer Ehe noch nie fremdgegangen. Das wusste sie genau. Bei Elisabeth hatte er immer nur mal nach dem Rechten gesehen, wenn etwas mit der Waschmaschine oder

der Spülmaschine war. Sonst nichts. Auch das wusste sie genau.

»Das muss er nicht zurückzahlen. Hans und er haben das so abgemacht. Ist auch absolut okay. Horst hat uns immer bei der Steuererklärung geholfen, da ist es nur fair, dass er ein bisschen davon zurückbekommt.« Elisabeth begann nun hemmungslos zu weinen. Es wurde ihr zu viel.

»Sagt mal, geht's eigentlich noch? Einer von uns ist zu Tode gekommen und ihr habt nichts Besseres zu tun, als euch selbst zu beweihräuchern?« Monika wollte nicht glauben, was sie da gerade alles hören musste.

»Recht hast du, Moni. Herrschaftszeiten. Und ich weiß auch schon, wer bei Hans' Ableben nachgeholfen hat. Ein reiner Unfall war das Ganze sicher nicht.«

Wissen Sie es auch?

Lösung: 24. Rätsel-Krimi

Horst war der Täter. Erstens hatte er Schulden bei Hans. Zweitens war er immer noch sauer auf den Seitensprung seiner Frau. Außerdem verrät er sich durch folgende Bemerkung: ›»Ach, was, kaputte Bremsen«, motzte Horst Leinberger, der bisher geschwiegen hatte. »So ein Bremszug ist viel stabiler als man denkt. Da sägt man nicht einfach so locker daran herum. Wahrscheinlich hat unser Hans Guck-in-die-Luft einfach nur vergessen, rechtzeitig zu bremsen. Typisch Hansi halt.«‹ Nur Horst konnte wissen, dass es der Bremszug war und nicht die Bremsbeläge.

TRABRENNBAHN

»Mit solchen armseligen Würstchen wie Ihnen rede ich doch gar nicht weiter. Das erledigen meine Anwälte.« Albert Zimmermann verstaute die Scheine in seiner Hand in seinem Geldbeutel und blickte arrogant auf den Mann hinter dem Wettschalter herab, der ihm gerade ganz sicher falsch herausgegeben hatte und nun glattweg darauf beharrte, dass dies nicht so gewesen sei.

»Das ändert auch nichts daran, dass ich Ihnen gerade richtig herausgegeben habe.« Arnd Weizenkamm war sich hundertprozentig sicher, dass er recht hatte. Immer wieder versuchten Wettkunden, die ihr ganzes Geld hier auf der Trabrennbahn verspielt hatten, ihn zu betrügen. Der zugegebenermaßen gut gekleidete Herr vor ihm machte da keine Ausnahme, selbst wenn er sich noch so sehr empörte. Diese Leute waren allesamt perfekte Schauspieler. Das wusste Arnd genau.

»Haben Sie eben nicht. Sie haben sich einfach umgedreht und mir nur auf 90 Euro statt auf 87 herausgegeben.«

»Um was geht es denn, wenn man fragen darf?« Exkommissar Max Raintaler, der gerade am Schalter angekommen war, um eine Dreierwette abzuschließen, blickte interessiert von einem zum anderen.

»Das geht Sie gar nichts an«, fauchte Albert. »Kümmern Sie sich gefälligst um Ihre eigenen Angelegenheiten.«

»Sind Sie immer so freundlich?« Max grinste breit.

»Lassen Sie uns einfach in Ruhe, guter Mann. Das hier ist das Problem von diesem Herren und mir«, mischte sich nun Arnd ein.

»Na gut. Dann wäre es aber wohl angebracht, wenn Sie Ihre Probleme etwas schneller lösen. Ich möchte nämlich, wenn es geht, noch vor dem nächsten Rennen eine Wette platzieren. Wollen Sie vielleicht dafür verantwortlich sein, wenn mir wegen Ihrer albernen Streitigkeiten mein Gewinn entgeht?« Max blickte ebenso finster drein, wie die beiden Streithansel vor ihm.

»Na gut, dann kommen Sie halt vor und geben Sie kurz Ihre Wette auf.« Arnd winkte Max näher. »Dem Herrn ist das bestimmt recht. Er wollte die Angelegenheit gerade sowieso seinen Anwälten übergeben.«

»Nichts da. Sie geben mir auf der Stelle mein restliches Wechselgeld oder ich rufe die Polizei und dann dürfen Sie erst mal einen gründlichen Kassensturz vornehmen. Und wenn sich dann herausstellt, dass ich recht habe, was ich selbstverständlich habe, werde ich persönlich dafür sorgen, dass Sie sich einen neuen Job suchen dürfen. Auf die Rennbahn werden Sie jedenfalls keinen Fuß mehr setzen, das garantiere ich Ihnen.« Albert erhob den Zeigefinger.

»Also, was war los, meine Herren? Eventuell können Sie sich das mit der Polizei sparen. Ich war Hauptkommissar bei der Kripo.«

»Hauptkommissar? Das trifft sich gut.« Albert blickte gleich etwas freundlicher drein. Er lächelte sogar zögerlich. »Ich habe meine Dreierwette über 87 Euro mit einem Fünfhunderter bezahlt. Der Mann hier hat mir aber nur auf 90 Euro herausgegeben. Und nun behauptet er, ich würde lügen. Eine bodenlose Frechheit.« Er öffnete seine Brieftasche und zeigte Max den Inhalt, drei Hunderter, ein Zehner, zwei Fünfziger und zwei Zweieuromünzen.

»414 Euro. Stimmt doch genau. Es ist sogar ein Euro zu viel drin.«

»Ja, aber das Hartgeld hatte ich schon vorher.«

»Stimmt das?«, wandte sich Max an Arnd.

»Schmarrn, das behauptet der Kerl doch bloß.«

»Und Sie haben sicher nicht falsch herausgegeben?«

»Natürlich nicht«, Arnd wurde rot vor Ärger. »Ich habe ihm genau herausgegeben. Keinen Cent mehr und keinen Cent weniger als ihm zusteht. Herrschaftszeiten noch mal, jetzt reißt mir aber gleich der Geduldsfaden.«

»Und warum zählen Sie nicht einfach den Inhalt Ihrer Kasse nach?« Max schüttelte verwundert den Kopf.

»Weil ich mir absolut sicher bin, dass der Herr sich irrt oder mich betrügen will. Alle hier draußen versuchen das.«

»Also, ich sicher nicht.« Max blickte ihn erstaunt an. »Und ich weiß auch nicht, ob Sie da gerade nicht bloß Ihrem eigenen Vorurteil unterliegen.«

»So helfen Sie mir doch, Herr Hauptkommissar. Sie sehen doch, wie stur dieser Mensch ist.«

»Also eins kann ich Ihnen auf jeden Fall versprechen: Ich weiß genau, dass Sie nicht lügen. Der Herr hinter dem Schalter hat Ihnen hundertprozentig falsch herausgegeben. Das kann gar nicht anders sein.«

»Danke, Herr Hauptkommissar.« Albert atmete erleichtert auf.

»Exhauptkommissar.«

»Ach so, ja natürlich.«

Wissen Sie auch, wie Max darauf kommt, dass Albert recht hat?

Arnd hat definitiv falsch herausgegeben. Hätte er genau auf 87 Euro herausgegeben, wie er behauptet hatte, wären nicht nur die beiden Zweieuromünzen, die sich laut Albert bereits vorher in seinem Geldbeutel befanden, darin, sondern zusätzlich drei Euro in Kleingeld. Zumindest müssten sich aber drei Euro in Kleingeld im Geldbeutel befinden, falls sich Albert dahingehend geirrt haben sollte, dass die beiden Zweieuromünzen bereits vorher in seinem Geldbeutel gewesen waren. Außerdem verstaute Albert zu Beginn der Geschichte nur Scheine in seinem Geldbeutel. Von Münzen war keine Rede.

Lösung: 25. Rätsel-Krimi

MORD BEIM KRIMIFESTIVAL

»Na, da bin ich aber mal gespannt, was auf uns zukommt.« Exkommissar Max Raintaler setzte sich mit skeptischer Miene auf seinen Platz in der Pathologie des Krankenhauses rechts der Isar, wo gleich die erste Lesung des diesjährigen Münchner Krimifestivals stattfinden sollte.

»Ganz so realistisch wie zu deiner Kripozeit wird es natürlich nicht zugehen«, meinte seine Freundin Monika, die ihn zu diesem literarischen Großereignis, das pünktlich um acht anfangen sollte, eingeladen hatte. »Aber unterhaltsam wird es, glaube ich, allemal. Der Autor, dieser M. G., ist für seine witzigen Lesungen bekannt. Lass dich überraschen.«

»Hoffen wir das Beste.« Max sah sich im Raum um. Komisch, dachte er. Die sehen doch alle ganz normal aus. Ich dachte immer, Krimifans würden ganz anders aussehen. Irgendwie nach Miss Marple oder Hercule Poirot. Aber hier sitzen fast nur nett aussehende Frauen. Alles da, von jung bis alt. Ja mei, so kann man sich täuschen.

»Meine sehr geehrten Damen und Herren. Ich möchte Sie für einen Moment um Ruhe bitten.« Ein junger Mann mit kurzgeschorenen schwarzen Haaren war ans Rednerpult getreten und hatte sich das

Mikrofon aus dem Halter gepflückt. »Leider muss ich die Lesung absagen. Unser allseits bekannter Frauenschwarm, der Autor M. G., der den heutigen Lesereigen von vier bekannten Krimischriftstellern eröffnen sollte, ist aus Gründen, die ich Ihnen im Moment nicht nennen kann, nicht dazu in der Lage. Bitte heben Sie Ihre Eintrittskarten auf, wir werden die Veranstaltung sobald wie möglich ohne Herrn M. G. nachholen. Vielen Dank für Ihr Verständnis.« Er steckte das Mikrofon in seine Halterung zurück.

»Das geht ja gut los«, meinte Max zu Monika. »War das etwa deine Überraschung? Dass wir gleich wieder gehen können? Na super. Da habe ich wohl gerade noch mal Glück gehabt. Lass uns irgendwo ein Bier trinken. Dabei unterhalten wir uns über meine Lieblingsmusik, das ist auch Kultur.«

»Blödmann.« Monika grinste und schüttelte den Kopf. »Was mag da nur geschehen sein? Interessiert dich das gar nicht?« Sie blickte ihn neugierig an.

»Äh, doch. Jetzt, wo du es sagst. Stimmt eigentlich.«

»Na siehst du. Und was machen wir da?«

»Keine Ahnung. Gehen wir vor zu dem Mann mit den kurzen schwarzen Haaren? Sicher ist er der Veranstalter.« Er zeigte zur Rednerbühne, neben der der Erwähnte mit hängendem Kopf diejenigen Gäste hinauskomplimentierte, die sich bei ihm über den Abbruch des Abends beschwerten.

Als Max und Monika bei ihm ankamen, bemerkten sie gleich sein blasses Gesicht und dass er reichlich schwitzte. Die ganze Angelegenheit schien ihn sehr mitzunehmen. Sobald ein paar Minuten später die letzten Beschwerdeführer Richtung Ausgang verschwunden waren, traten sie vor ihn.

»Grüß Gott, der Herr. Raintaler ist mein Name. Ich bin Exkommissar der Münchner Kripo und mich und meine Freundin würde brennend interessieren, was mit diesem M. G. passiert ist. Können Sie uns nicht vielleicht eine kleine Auskunft geben?« Max blickte dem sichtlich um Haltung ringenden Veranstalter neugierig ins Antlitz. »So … von Krimikollege zu Krimikollege«, fügte er hinzu.

»Grüß Gott, Herr Raintaler. Bleiberg mein Name. Alexander Bleiberg.« Er schüttelte Max und Monika die Hand. »Tja, was soll ich sagen? Eigentlich dürfte ich gar nichts sagen, aber wenn Sie bei der Kripo waren … Na gut. Anscheinend wurde er vergiftet. Aber kommen Sie doch mit. Ihre Kollegen sind bereits da.« Alexander führte sie in den durch einen dunklen Samtvorhang abgeteilten Bereich hinter der Bühne.

»Ja, Franzi, was machst du denn hier?« Max staunte nicht schlecht, als er seinen alten Freund und Exkollegen Franz Wurmdobler neben einer dunkelhaarigen Frau und zwei Männern im mittleren Alter entdeckte. Lächelnd schüttelten sie sich die Hände.

»Hey, Max. Du kommst mir wie gerufen.« Franz atmete erleichtert auf. »Ich versuche gerade herauszufinden, wie dieser M. G. gestorben ist, komme aber nicht so recht weiter. Wahrscheinlich Gift. Das hat jedenfalls unser Polizeiarzt vor einer Minute festgestellt. Vielleicht magst du ja mit Frau Senftlinger, Herrn Wackelmeier und Herrn Richter reden. Sie haben den Toten als Letzte gesehen. Natürlich als er noch gelebt hat. Logisch.«

»Logisch, Franzi. Und logisch helfe ich dir. Der gute alte Raintaler-Instinkt ist noch derselbe wie früher.« Max blickte nicht ohne eine ordentliche Spur Selbstgefälligkeit von einem zum anderen.

Monika schüttelte nur den Kopf. Alter Angeber, dachte sie. Aber natürlich hatte er recht. Er fand immer heraus, wer es war.

»Frau Senftlinger. Wann haben Sie den Toten zuletzt gesehen?«, wandte sich Max an die ungefähr 40 Jahre alte Dame mit den blonden Haaren, die zwischen den um gut zehn Jahre älteren Herren Wackelmeier und Richter stand.

»Das habe ich dem Herrn Hauptkommissar schon gesagt. Vorhin in der Garderobe. Ich habe Herrn G. und mir einen Tee aus der Kantine geholt. Er trank keinen Alkohol, genau wie ich. Ich habe ihn in seine Garderobe gestellt und bin dann gleich in meine gegangen, weil Herr G. gerade nicht da war.« Elvira Senftlingers Blick ruhte fest auf Max. Keine Spur von Unsicherheit war darin zu erkennen. »Wahrscheinlich war er wieder mal hinter anderen Röcken her, wie so oft.«

»Sie haben ihn also nicht in seiner Garderobe angetroffen. Wann war das?«

»Das muss gegen sieben gewesen sein.«

»Und wann haben die Herren ihn zum letzten Mal gesehen?«

»Ich habe ihn um Viertel vor acht gesehen. Er hat kurz in meine Garderobe geschaut und mir von seinem neuesten Flirt erzählt.« Gernot Wackelmeier räusperte sich und rückte seinen Krawattenknoten zurecht. »Entschuldige, Elvira. Aber es war halt wirklich so.«

»Natürlich, Gernot.«

»Und Sie?«, fragte Max den dritten im Bunde, Wladislaw Richter.

»Ich habe ihn um halb acht gesehen. Da hat er auf jeden Fall noch gelebt. Er saß in seiner Garderobe und ist seine Lesung durchgegangen. Überflüssigerweise.«

»Wie meinen Sie das?« Max horchte neugierig auf.

»Er hatte es nicht nötig zu üben. War sowieso der Beste von uns.«

»Beim Lesen?«

»Lesen, Verkauf, alles«, erwiderte Elvira. »Er war uns haushoch überlegen. Die Frauenherzen flogen ihm nur so zu.«

»Aha. Na gut, Herrschaften. Vielen Dank, Sie haben mir alle sehr geholfen. Ich weiß, wer es war.«

Wissen Sie es auch?

Lösung: 26. Rätsel-Krimi

Es kann nur Alexander Bleiberg gewesen sein. Er wusste bereits vor dem Polizeiarzt, dass M. G. vergiftet worden war.

GEMÄLDEDIEBSTAHL IM HAUS DER KUNST

Max Raintaler staunte nicht schlecht, als er die aufgeregte Menschentraube vor dem Haus der Kunst am südlichen Ende des Englischen Gartens sah, die vor dem Eingang von einer Polizeieinheit umringt wurde.

»Was ist denn hier los, ein Protestmarsch?«, erkundigte er sich bei einem der uniformierten Beamten, nachdem er von seinem Mountainbike gestiegen war.

»Nichts, was Sie etwas anginge. Fahren Sie weiter, Mann!«, kam es in barschem Tonfall von dem Mann mit dem heruntergelassenen Visier zurück.

»Sind Sie immer so freundlich? Als ich noch bei der Schutzpolizei war, war ich zuvorkommender zu den Leuten. Baut Aggressionen ab. Das dürfen Sie mir glauben.«

»Aha. Ein Exkollege also. Und wo sind Sie jetzt?«

»20 Jahre Kripo und Hauptkommissar, genügt das?« Max konnte schlecht sagen, dass er immer noch bei der Kripo war, da das nicht stimmte. Deshalb wählte er seine Formulierung so uneindeutig wie möglich.

»Entschuldigen Sie, Herr Hauptkommissar, habe Sie nicht erkannt. Bin auch nicht aus München, sondern aus Nürnberg.« Der Hüne in der Einsatzuniform räusperte sich.

»Aha. Und was ist das nun hier? Sieht mir nicht aus wie ein Platzkonzert.« Max grinste lässig.

»Ein Bild aus der Ausstellung im Haus der Kunst wurde geraubt. Ein kleines, soweit man uns gesagt hat. Und jetzt wird jeder durchsucht, der herauskommt. Erst dann dürfen wir ihn gehen lassen. Ein paar Leute sind uns aber bereits durch die Lappen gegangen, weil wir zu spät gerufen wurden.«

»Also hat man den oder die Täter wohl gar nicht erwischt.«

»Noch nicht. Da vorn ist ein Kollege von der Münchner Kripo. Bestimmt kennen Sie ihn. Und bestimmt kann der Ihnen auch mehr zur Sachlage sagen, Herr Hauptkommissar.« Der Raubauz zeigte auf Hauptkommissar Franz Wurmdobler, der mit einer Zigarette zwischen den Lippen neben dem Eingang zur Kunstausstellung stand und sich mit fünf Männern unterhielt, die wie Touristen aussahen.

»Alles klar. Danke. Ich stelle nur kurz mein Radl ab, dann gehe ich zu ihm.« Max nickte dem Beamten kurz zum Abschied zu, sperrte seinen Drahtesel an den nächststehenden Baum und schritt an der Menge vorbei zu Franz hinüber.

»Max, gut dass du da bist«, rief der, sobald er seinen alten Freund und Exkollegen erkannte. »Ich kann deine Hilfe gebrauchen. Ich meine hundertprozentig zu wissen, dass einer von diesen fünf Herrschaften hier ein Bild aus der Sammlung gestohlen hat. Aber keiner von ihnen hat es bei sich, wie du siehst. Es muss also auch noch einen Komplizen gegeben haben, der damit über alle Berge ist. Oder der Täter hat es irgendwo im Haus der Kunst versteckt. Unsere Leute suchen schon danach.« Franz zeigte auf die Männer neben ihm, die Max bis eben für harmlose Touristen gehalten hatte.

»Klingt interessant, Franzi. Hast du sie alle schon befragt?«

»Ja, aber ich habe wohl irgendetwas übersehen. Vielleicht fällt dir etwas dazu ein.«

»Einen kleinen Moment. Bin gleich so weit.« Max betrachtete die fünf ausgiebig von oben bis unten. Komisch, dachte er währenddessen. Keiner von ihnen sieht wie ein Dieb oder Krimineller aus. Aber einer wird es gewesen sein, wenn sich Franzi seiner Sache so sicher ist.

»Wie groß war das Bild, das gestohlen wurde?«, richtete er unvermittelt seine erste Frage an den Herren mit dem blauen Anorak und den Bundhosen ganz links außen.

»Keine Ahnung«, erwiderte der. »Ich weiß ja nicht mal, wovon sie reden. Ein ausgemachter Schwachsinn das Ganze hier und sonst nichts.«

»Und wieso haben Sie bei der Hitze einen Anorak an?« Max ließ sich nicht aus der Ruhe bringen.

»Weil es heute morgen nach Regen aussah.«

»Und weil man sehr gut ein gestohlenes Bild darunter verstecken kann. Stimmt's?«

»Ein Bild unter diesem windigen Anorak? Und das fällt nicht auf, wenn man damit drinnen durch die anderen drei Ausstellungsräume an den drei Ordnern bis zum Ausgang vorbeigeht? Ach, glauben Sie doch, was Sie wollen. Sie spinnen doch.«

»Und Sie haben das Bild natürlich auch nicht unter ihrem weiten Sommersakko herausgeschmuggelt«, wandte sich Max an den Glatzkopf mit der dunklen Leinenhose gleich neben dem Mann mit dem Anorak.

»Natürlich nicht«, erwiderte er. »So klein kann dieses Bild doch gar nicht gewesen sein, dass es unter meinem Sakko nicht auffallen würde.«

»Doch, doch. Das kann es«, mischte sich Franz ins Gespräch. »Absolut.«

»Und was ist mit Ihnen? Der helle Sommermantel scheint mir wie geschaffen dafür, dass man darin ein Bild aus der Sammlung unterbringt.« Max zeigte auf den ungefähr 50 Jahre alten Herren in der Mitte der Gruppe.

»Und noch ein Maschinengewehr, falls bei dem Raub etwas schief gehen sollte, was? Mann, wie naiv sind Sie und Ihr kleiner Kollege eigentlich? Ich bin

Kunstprofessor an der Akademie und habe in meinem ganzen Leben noch nichts gestohlen. Geschweige denn ein bekanntes Kunstwerk. Das ist doch viel zu schwer an den Mann zu bringen.« Der Mann schnaubte empört.

»Ach, und der Herr neben Ihnen hat das Bild natürlich auch noch nie in seinem Leben gesehen.« Max traute seinen Ohren nicht. Entweder die Burschen logen alle oder sie sagten tatsächlich alle die Wahrheit. Knifflig.

»Doch, gesehen habe ich es schon«, antwortete der Mann in der langen Lederjacke. »Aber ich habe es ganz bestimmt nicht gestohlen. Das wäre mir viel zu stressig. Überall Wachen und dann noch eine Alarmanlage. Dazu fehlen mir eindeutig die Nerven.«

»Waren Sie schon einmal im Gefängnis?« Max zeigte auf die Tätowierung am rechten Handgelenk des Mannes. Er meinte dieselbe Tätowierung in Stadelheim gesehen zu haben, als er einen Verdächtigen dort besucht hatte.

»Ja, war ich. Aber nicht wegen Diebstahl, sondern wegen Körperverletzung. Ich habe einem ähnlichen Klugscheißer wie Ihnen eine aufgestrichen, dass er zwei Wochen lang nicht mehr aufgestanden ist.«

»Und Sie brauche ich wohl gar nicht erst zu fragen, wozu Sie Ihre weite Anzugjacke anhaben«, richtete sich Max an den letzten in der Runde.

»Fragen können Sie mich schon. Aber ich werde Ihnen auch nichts anderes als die anderen Herren antworten. Ich habe mit der Sache nichts zu tun. Ich bin ein harmloser Tourist. Und auf Kunstgegenstände habe ich es schon gar nicht abgesehen. In unserer Familie ist nur eine kunstinteressiert, und das ist meine Frau. Sie werden Ihren Täter schon woanders suchen müssen.« Der Mann fuhr sich langsam über die blonden Stoppeln auf seinem Kopf.

»Na gut, meine Herren. Sieht ganz so aus, als würden Sie alle die Wahrheit sagen.« Max überlegte kurz und hob dann triumphierend den Zeigefinger. »Aber einen Moment mal. Ich glaube, ich habe da eine Kleinigkeit übersehen. Herrschaftszeiten, ja. Alles klar. Jetzt weiß ich, wer es war, Franzi.«

Ist Ihnen inzwischen auch aufgegangen, wer das Bild aus der Sammlung geschmuggelt hat?

Lösung: 27. Rätsel-Krimi

Der Herr mit dem blauen Anorak war es. Er wusste als Einziger durch wie viele Ausstellungsräume und an wie vielen Ordnern man vorbeimusste, um das Bild nach draußen zu bringen.

BEI ANRUF MORDAUFKLÄRUNG

»Max? Franzi hier. Ich muss dich unbedingt um deinen Rat fragen, alter Freund.« Hauptkommissar Franz Wurmdobler hörte sich niedergeschlagen an.

»Was ist denn los, Franzi? Du klingst gar nicht gut.« Exkommissar Max Raintaler klemmte sein Handy zwischen Ohr und rechte Schulter. Dann setzte er sich mit der Maß Bier, die er sich gerade in der Schenke geholt hatte, auf seinen Stammplatz unter dem Ahornbaum gleich beim Eingang. Er liebte den kleinen Biergarten in den Isarauen. Nie war er zu überlaufen, aber immer gut genug besucht, sodass es nicht langweilig wurde, hier allein vor seinem Bier zu sitzen und seine Beobachtungen zu machen. Und das Wichtigste, er war schattig. Geradezu lebensrettend bei der gnadenlosen Augusthitze, die in diesen Tagen vorherrschte.

»Ich habe da gerade so einen saublöden Fall. Am Sonntagvormittag gab es einen Giftmord an einer Untergiesinger Hausbesitzerin. Sie war herzkrank und schwere Diabetikerin. Wahrscheinlich wurde sie durch eine Spritze mit irgend so einem Pflanzenschutzmittel umgebracht, das du in jeder Apotheke bekommst. Der Täter muss also medizinische Grundkenntnisse gehabt haben. Es gibt vier verdächtige Erben. Jeder von ihnen könnte es getan haben. Aber den wirklichen Schuldigen finde ich ums Verrecken nicht.« Franz stöhnte.

»Na, dann lass mal was hören, alter Freund. Ich bin schon gespannt.« Max nahm einen großen Schluck von seinem Bier. Nachdem er den Maßkrug auf dem Tisch abgestellt hatte, lehnte er sich zurück und spitzte die Ohren.

»Also, wir haben da zunächst einmal Sabine Scherer, eine Krankenschwester. Sie arbeitet im Krankenhaus rechts der Isar. Sie ist die jüngste Tochter der alten Frau Scherer. Laut den Nachbarn und ihren Geschwistern hat sie ihre Mutter regelrecht gehasst. Die beiden haben jedenfalls andauernd gestritten. Zur Tatzeit war sie angeblich im Kino. Zeugen dafür hat sie allerdings keine.«

»Wie alt ist sie?«

»35.«

»Aha. Und welchen Film hat sie sich angesehen?«

»Irgendeine Liebeskomödie am Sendlinger Tor. Die Kollegen haben das nachgeprüft. Der Titel, den sie uns genannt hat, stimmt. Die Kassiererin des Kinos konnte sich aber nicht an sie erinnern. Es kämen täglich zu viele Menschen an ihre Kasse, um sich jedes Gesicht merken zu können, hat sie gemeint.«

»Das mag wohl auch wahr sein. Und weiter.«

»Bernd Scherer, ihr älterer Bruder, ist mein zweiter Verdächtiger. Er ist 44, arbeitet als Heilpraktiker in einer Gemeinschaftspraxis. Offenbar hat er dort andauernd Ärger mit den Kollegen und will sich dringend selbstständig machen. Das Geld seiner Mutter könnte er dazu natürlich hervorragend gebrauchen. Zur Tatzeit will er allerdings auf einem Spaziergang an der Isar gewesen sein.«

»Dabei hat ihn natürlich niemand gesehen«, meinte Max trocken. Also noch ein Heilberuf, interessant. Er fuhr sich mit den Fingerspitzen über das Kinn.

»Stimmt«, kam es ebenso trocken von Franz zurück. »Und die Isar ist wohlgemerkt nicht weit von Untergiesing weg, wie wir alle wissen.«

»Sehr gut, Watson. Das haben Sie äußerst treffend bemerkt.« Max grinste.

»Alter Depp. Verarsch mich nicht.« Franz hörte sich ganz so an, als würde er ebenfalls grinsen. »Gut. Weiter geht es mit Irene Müller-Scherer, 38 Jahre alt, verheiratet mit dem zurzeit arbeitslosen Hans Müller. Die beiden haben zwei Kinder. Sie hat ihre Mutter aufopferungsvoll versorgt und gepflegt und dafür Geld von ihr bekommen. Teilweise war die alte Frau Scherer wohl regelrecht bettlägerig.«

»Natürlich war Irene zum Tatzeitpunkt ebenfalls nicht bei ihrer Mutter zu Hause.«

»Richtig. Wie konntest du das bloß so eindeutig erraten, mein Bester? Sie war einkaufen.«

»Na, gut. Irgendwer muss der alten Dame schließlich etwas zu Essen bringen.« Max beugte sich vor und trank noch einmal einen Schluck Bier gegen die Hitze. »Und der vierte Verdächtige? Was ist mit dem? Etwa noch einer aus dem Heilberufsstand?«

»Du wirst lachen, Max. Ja. Josef Wagenrad heißt er nach seinem Vater Herrmann Wagenrad, ist Arzt am Pasinger Krankenhaus und mit 28 Jahren der jüngste Sohn von Frau Scherer. Die Frucht ihrer späten zweiten Liebe zu Herrmann, also ein Halbbruder der anderen. Alle anderen Schererkinder haben seinen Vater gehasst wie die Pest. Sie wollten ihn einfach nicht als zweiten Mann ihrer Mutter annehmen. Und ihren Halbbruder haben sie nach dessen Aussage auch nicht in den Kreis der Familie aufgenommen, wie es sich gehört hätte.«

»Aha. Das Übliche also. Hass, Neid, Angst ums Geld. Und wo ist er jetzt, der letzte Geliebte?«

»Der ist bereits vor einem Jahr gestorben. Sein Sohn meint, dass der Hass der anderen ihn das Leben gekostet hätte. Er hätte es einfach nicht mehr ausgehalten, nicht akzeptiert zu werden, da habe er dann Schluss gemacht.«

»Ach echt? Und wie?«

»Tabletten.«

»Schöne Scheiße.«

»Das darfst du laut sagen.«

»Und das Alibi des Jüngsten? Wie schaut es damit aus? Hat er eins?« Max lehnte sich auf seinem Stuhl zurück, um den sengenden Sonnenstrahlen auszuweichen, die gerade dabei waren, sich durch eine Lücke im Blattwerk ihren Weg auf sein Gesicht zu bahnen.

»Er sagt, er war angeblich beim Baden am Feringasee draußen. Bisher haben wir noch keine Zeugenaussagen, die das bestätigen.«

»Und das war's?«

»Ja. Ich habe nicht die leiseste Ahnung, wer es getan haben könnte.«

»Ich schon.« Max grinste zum zweiten Mal, seit sie ihr Gespräch begonnen hatten.

Haben Sie auch eine Ahnung, wer es gewesen sein könnte?

Lösung: 28. Rätsel-Krimi

Es kann nur Irene Müller-Scherer gewesen sein, die Frau des arbeitslosen Hans Müller. Sie hat als Einzige klar bei ihrer Aussage gelogen. Am Sonntag haben die Läden geschlossen. Sie kann also gar nicht beim Einkaufen gewesen sein. Und spritzen konnte sie, da sie seit Jahren eine Diabetikerin versorgte, wohl auch.

REIHE EINS MUSS STERBEN

»Was ist denn da vorn für ein Auflauf?« Exkommissar Max Raintaler sah seine Freundin Monika mit hochgezogenen Brauen über den oberen Rand seiner Sonnenbrille hinweg an.

»Keine Ahnung. Gehen wir hin, dann wissen wir es.« Sie zuckte mit den Achseln und schritt voraus in Richtung der Wohnwagen, die in erster Reihe beim Wasser standen.

Die beiden Münchner hatten schon ein paar Wochenenden hier am schönen Kochelsee verbracht. Aber eine derartige Aufregung am frühen Morgen um halb acht hatten sie noch nie erlebt.

»Was ist hier los? Ist jemand gestorben?«, erkundigte sich Max, als sie bei der Menschentraube von gut zehn Personen angekommen waren.

»Woher wissen Sie das?« Eine kleine übergewichtige Frau in den Vierzigern mit dunklen Haaren blickte ihn erstaunt an.

»Genau, woher wollen Sie das wissen?«, schloss sich der drahtige Rentner mit der kalten Zigarre im Mundwinkel an.

»Ich weiß gar nichts. Ich frage bloß.«

»Eben. Er fragt bloß«, meinte Monika trocken. »Was dachten Sie denn?«

»Na ja. Nichts. Den Reinhold Huber aus der ersten Reihe gleich vor uns hat's erwischt. Das hier ist übrigens mein Rudolf.« Die kleine Dunkelhaarige zeigte auf den großen Mann neben sich. »Er liegt seit einer Dreiviertelstunde mit einem riesigen Loch im Schädel neben seinem Wohnwagen. Die Polizei und den Notarzt haben wir bereits gerufen.« Die Hand, mit der sie auf den gelb gestreiften Wohnwagen am Ufer deutete, zitterte.

Die Ärmste schien schwer geschockt zu sein, sagte sich Max. Hatte es letzte Nacht oder in den frühen Morgenstunden etwa einen Mord oder einen Totschlag auf dem Campingplatz unweit des Walchenseekraftwerks gegeben? Herrschaftszeiten, das wäre ja etwas. »Lebt der Mann noch oder ist er tot?«, fragte er mit der ruhigen festen Stimme eines professionellen Ermittlers. Bis zu seiner erzwungenen Frühpensionierung hatte er erfolgreich etliche Fälle dieser Art untersucht.

»Keine Ahnung. Aber er sieht eher tot aus.« Die Frau deutete nach wie vor auf den Wohnwagen am Strand.

»Na gut. Ich war bei der Kripo. Lassen Sie mich mal durch. Ich schaue ihn mir an.« Max drängte sich durch die Umstehenden, bis er Reinhold Huber erreichte.

Sein zerschmetterter Schädel lag in einer dunklen Blutlache. Max fühlte nach seinem Puls und überprüfte, ob er noch atmete. »Da rührt sich gar nichts mehr. Der Mann ist eindeutig mausetot. Wer von Ihnen hat ihn denn gefunden?«

»Ich war das.« Ein junger blonder Mann hob seine Hand wie in der Schule und trat dabei einen Schritt vor. »Leider.« Er verzog das Gesicht.

»Und wann war das?« Monika ergriff das Wort. Sie fungierte seit Max' Frühpensionierung als eine Art weiblicher Dr. Watson des Thalkirchner Sherlock Holmes und hatte ihm in dieser Rolle bei den Fällen, die er gelegentlich als Privatdetektiv übernahm, bereits viele Tipps gegeben.

»Kurz nach den letzten Morgennachrichten vorhin im Radio. Ich habe sie mir extra wegen der Börse angehört. Und dann habe ich gleich die anderen alarmiert.«

»Aha. Und?« Sie sah ihn neugierig an.

»Was und?«

»Was ist mit der Börse?«

»Ach so, ja. Wir kleinen Anleger werden alle eine Menge Geld verlieren, haben sie gesagt. Wegen der nächsten Finanzkrise.«

»Stimmt. Habe ich vorhin auch so gehört.« Max blickte in die Runde. »Hat sonst jemand etwas bemerkt oder gesehen, was zur Aufklärung dieses offensichtlichen Mordes beitragen könnte?«

Eisiges Schweigen. Niemand sagte etwas.

»Das hat er jetzt von seiner rücksichtslosen Vordränglerei, der schöne Reinhold«, meinte nach einer Weile eine gelangweilt dreinblickende Blondine im Bikini.

»Das sagst du doch bloß, weil du am liebsten zusammen mit deinem Gerhard seinen Platz in der ersten Reihe gehabt hättest, Traudl. Schäm dich, so über einen Toten zu reden. Unmöglich finde ich das.« Der ältere Herr in Badehose, der zwei Meter rechts neben der übergewichtigen Frau und ihrem Rudolf stand, schüttelte empört den Kopf.

»Aber wirklich. So geht es ja nicht«, gab ihm die ältere Dame mit dem riesigen Strohhut auf dem Kopf recht. »Über Tote soll man nichts Schlechtes reden. Auch wenn sie zu Lebzeiten schlechte Menschen waren, wie der Herr Huber.«

»Ja, ja. Schon klar, Herbert«, fauchte Traudl unbeeindruckt in Richtung des älteren Herrn zurück. »Und du und deine Hermine, ihr habt nicht andauernd über den rücksichtslosen, geldigen Reinhold Huber und seine billigen Weiber hergezogen, bloß weil er euch euren seit Jahren wohlverdienten Platz in der ersten Reihe weggeschnappt hat.« Sie stemmte die Hände in die Hüften und zog die Brauen zusammen.

»Genau. Pharisäer seid ihr. Alle miteinander«, trompetete ein vollbärtiger Mann im Morgenmantel. »Ihr wart doch alle auf Reinholds Platz neidisch.

Und auf sein vieles Geld, mit dem er unter anderem den Platzwart bestochen hat, sowieso. Vor allem die aus der zweiten Reihe, die seit Jahren vor ihm dran gewesen wären. Oder Bertram?« Er blickte zu dem starr geradeaus blickenden Mann in weißem T-Shirt und Shorts hinüber, der direkt neben dem blonden jungen Mann stand, der Reinhold Huber tot aufgefunden hatte.

»Und du, Bernd, warst der Schlimmste von allen«, platzte Bertram heraus. »Bloß weil deine Sabine dem Reinhold schöne Augen gemacht hat.«

»Lass bloß meine Sabine aus dem Spiel, du Erbsenzähler. Die hat hiermit nicht das Geringste zu tun.« Bernd ballte seine Hand zur Faust und drohte damit Bertram.

»So kommen wir nicht weiter, Herrschaften.« Max erhob die Stimme. »Ist auch nicht nötig. Ich weiß, wer es war.«

Wissen Sie es auch?

Lösung: 29. Rätsel-Krimi

Die kleine Dunkelhaarige war es. Entweder allein oder mit ihrem Mann. Es ist halb acht. Sie sagt Max bei der Begrüßung, dass Reinhold Huber seit einer Dreiviertelstunde mit einem Loch im Schädel neben seinem Wohnwagen liegt. Der junge blonde Mann hat ihn aber erst vor 25 bis 20 Minuten (um fünf bis zehn nach sieben nach den Nachrichten im Radio, die immer zur vollen Stunde laufen) gefunden und dann erst die anderen alarmiert. Sie muss also bereits vor ihm gewusst haben, dass Reinhold tot neben seinem Wohnwagen lag.

LADENDIEBSTAHL?

»Herrje, da hört sich doch wirklich alles auf! Stibitzen die mir einfach meine letzten drei Tafeln Schokolade.« Die Besitzerin des kleinen Tante-Emma-Ladens in der Au, Tanja Sonnleitner, wandte sich entsetzt an Max, der gerade fröhlich vor sich hin mampfend einer ihrer köstlichen Fleischpflanzerlsemmeln zu Leibe rückte.

Drei Jahre war es her, seit sie gemeinsam mit ihrem Mann Josef den kleinen Laden in der Sommerstraße übernommen hatte, aber so etwas war ihr noch nicht untergekommen. Mopsten sich diese Frechdachse doch glatt das begehrte Süßzeug und standen nun auch noch vor ihrem Verkaufstresen und behaupteten, dass das nicht stimmen würde. Keins der Kinder war älter als sechs Jahre.

»Wir haben Ihre Schokolade aber nicht geklaut, Frau Sonnleitner. Mir zum Beispiel schmeckt sie gar nicht.« Die kleine blonde Annika stampfte ärgerlich mit dem Fuß auf, weil ihr Tanja einfach nicht glauben wollte. Dabei hatte sie ihr schon zweimal gesagt, dass sie gar keine Schokolade mochte, sondern viel lieber Gummibärchen. Ihr kleiner Bruder Jonas liebte Schokolade. Doch der war zu Hause bei ihrer Mutter. Leider krank, Grippe.

»Aber da waren doch gerade noch drei Tafeln in

dem Regal hinter euch. Haben die sich etwa in Luft aufgelöst?«

»Der Kunde, der gerade hier war, kann es nicht gewesen sein, oder Tanja?«, mischte sich Max in die Auseinandersetzung, nachdem er den letzten Bissen seiner Fleischpflanzerlsemmel heruntergeschluckt hatte.

»Der Herr Neumaier? Auf gar keinen Fall. Der hat Zucker. Außerdem ist er Hausbesitzer hier im Viertel und hat es nicht im Mindesten nötig, etwas zu stehlen.« Tanja schüttelte den Kopf.

»Und wenn er sie doch eingesteckt hat? Aus Versehen?« Max zog die Brauen hoch. »Vielleicht hat er nur vergessen, sie zu bezahlen.«

»Hat er nicht. Das würde er niemals tun. Nein, nein. Ich bin mir ganz sicher, dass diese Rasselbande hier etwas mit dem Diebstahl zu tun hat.« Sie setzte ein strenges Gesicht auf.

»Haben wir eben nicht«, mischte sich Torben ein. »Außerdem soll man sowieso keine Nussschokolade essen. Meine Mutter hat gesagt, die ist total gefährlich für Allergiker. Da kann man sogar dran sterben.«

»Bist du denn allergisch auf Nüsse?«, erkundigte sich Max bei ihm.

»Nein. Aber trotzdem soll man sie nicht essen.«

»Und wenn es die junge Frau vor Herrn Neumaier war? Die hat nicht gerade vertrauenswürdig ausgesehen«, richtete er sich wieder an Tanja.

»Hm. Keine Ahnung.« Sie zog die Stirn kraus. »Möglich wäre das. Ich weiß, dass sie wenig Geld hat. Kauft jeden Tag nur eine trockene Semmel.«

»Mir hat meine Mutter das Schokoladeessen für die nächste Zeit total verboten, weil ich bald zum Zahnarzt muss«, krähte Sabine Maier mit den vielen Sommersprossen im Gesicht und zeigte stolz ihre schwarz geränderten, kariösen Milchzähne.

»Genau, Schokolade ist voll ungesund.« Der fünfjährige Hansi mit dem dunkelhaarigen Stiftenkopf machte ein Gesicht wie ein Politiker, der gerade den Haushaltsplan für das kommende Jahr verkündete.

»Außerdem bekommen wir alle Taschengeld von unseren Eltern. Da müssen wir nicht klauen. Wenn wir Schokolade wollen, können wir sie uns genauso kaufen, wie das Brausepulver gerade eben.« Sissi würde im Herbst in die Schule kommen und war die Älteste und Vernünftigste von allen.

»Und wer soll es dann gewesen sein? Der heilige Geist?« Tanja blickte streng auf die Kinderköpfe hinab.

»Kann doch sein«, meinte Sabine Maier. »Meiner Mutter stiehlt er auch immer die Zeit.«

»Wie denn das?« Max musste unwillkürlich grinsen.

»Sie sagt am Telefon immer ›Heiliger Geist, stiehl

mir nicht schon wieder die Zeit‹, wenn mein Opa anruft.«

»Aber damit meint sie doch deinen Opa.« Sissi rollte genervt die Augen. In der Schule würde sie sich solch ein dummes Zeug nicht mehr anhören müssen. So viel war sicher.

»Eben nicht. Sie meint den heiligen Geist.« Sabine verschränkte die Arme vor der Brust und zog trotzig die Mundwinkel nach unten.

»Wir waren es wirklich nicht, Frau Sonnleitner. Das müssen Sie uns einfach glauben.« Annika sah in ihrem weißen Sommerkleidchen aus wie ein Unschuldsengel.

»Na, so ganz sicher bin ich mir da nicht. Aber wer weiß, vielleicht habt ihr ja recht und ich irre mich.« Tanja überlegte fieberhaft, ob sie sich das mit den drei Tafeln Schokolade nur einbildete. Vielleicht hatte ihr Mann Josef sie bereits gestern verkauft und sie hatte nur gedacht, dass sie immer noch im Regal lägen. Oder hatte sie vielleicht doch Herr Neumaier versehentlich eingesteckt?

»Ich glaube, ich weiß, wer die Schokolade gemopst hat«, meinte Max. »Also, die Sache läuft so. Frau Sonnleitner und ich gehen jetzt kurz vor die Tür. Und wenn wir wieder reinkommen, liegen die drei Tafeln wieder im Regal. Der Täter oder die Täterin haben nichts zu befürchten, weil ich kinderlieb bin. Aber zurückgeben muss er oder sie die Schokolade. Und wehe der Täter oder die Täterin macht so was noch mal. Dann scheppert es aber im Busch.«

Wissen Sie auch, wer es war?

Lösung: 30. Rätsel-Krimi

Keiner außer Torben hatte von Nussschokolade gesprochen. Er wusste also genau, was er sich da heimlich in die Taschen gesteckt hatte. Ganz schön raffiniert für sein Alter.

Unsere Lesermagazine

2 x jährlich das Neueste aus der Gmeiner-Bibliothek

24 x 35 cm, 32 S., farbig; inkl. Büchermagazin »nicht nur« für Frauen

10 x 18 cm, 16 S., farbig

Alle Lesermagazine erhalten Sie in Ihrer Buchhandlung oder unter www.gmeiner-verlag.de.

GmeinerNewsletter

Neues aus der Welt der Gmeiner-Romane

Haben Sie schon unsere GmeinerNewsletter abonniert?

Monatlich erhalten Sie per E-Mail aktuelle Informationen aus der Welt der Krimis, der historischen Romane und der Frauenromane: Buchtipps, Berichte über Autoren und ihre Arbeit, Veranstaltungshinweise, neue Literaturseiten im Internet und interessante Neuigkeiten.

Die Anmeldung zu den GmeinerNewslettern ist ganz einfach. Direkt auf der Homepage des Gmeiner-Verlags (www.gmeiner-verlag.de) finden Sie das entsprechende Anmeldeformular.

Ihre Meinung ist gefragt!

Mitmachen und gewinnen

Wir möchten Ihnen mit unseren Romanen immer beste Unterhaltung bieten. Sie können uns dabei unterstützen, indem Sie uns Ihre Meinung zu den Gmeiner-Romanen sagen! Senden Sie eine E-Mail an gewinnspiel@gmeiner-verlag.de und teilen Sie uns mit, welches Buch Sie gelesen haben und wie es Ihnen gefallen hat. Alle Einsendungen nehmen automatisch am großen Jahresgewinnspiel mit attraktiven Buchpreisen teil.

GMEINER

Wir machen's spannend